박경리의 말

일러두기

본문의 내주(內註) 출처는 모두 박경리의 『토지』를 가리키며 그 이외에는 각주(脚註)로 처리했다. 인용된 『토지』 원문은 마로니에북스 판본을 바탕으로 했으며 사투리 등도 그대로 가져왔다. 인용문 가운데서 지은이가 부연할 경우 대괄호(〔 〕)에 넣었다.

박경리의 말

김연숙 지음

천년의상상

들어가는 말

『토지』의 말을, 그리고 박경리 선생의 말을 모으고 싶었습니다. 선생의 책을 읽는 동안 제게로 스며든 말들이 있었기 때문입니다. 밑줄 그은 문장을 옮겨 적었습니다. 차곡차곡 쌓였습니다. 그런데 그 말들을 다시 꺼내놓으니, 뛰어난 문장이나 아름다운 표현과는 뭔가 달랐습니다. 온몸이 부서지는 아픔을 겨우 견디며 내뱉는 말, 실 한 오라기 같은 기쁨을 잡으려는 말, 칠흑 같은 어둠을 버티려 안간힘 쓰는 말, 그래서 애달프고 간절한, 그런 말들이었습니다. 대단치 않은 사람들의 예사로운 말도 많았습니다. 이들에게 끌리는 나의 마음이 무엇인가 싶었습니다.

『토지』에 대한, 제 첫 책인『나, 참 쓸모 있는 인간』이 나온 이후 새로운 경험을 많이 했습니다. 무엇보다도 제가 쓴 책을 마주한다는 것이 야릇했습니다. '글쓰기는 나와 마주하는 일이다',

'글쓰기는 나에게 던지는 질문이다'… 그렇습니다. 누구든 글쓰기를 떠올리면 한 번쯤 들어봤을, 저 또한 족히 수백 번은 읊고 다녔던 말입니다. 그런데도 이상했습니다. 내가 쓴 글을 통해 나를, 정확히 말하자면 나의 맨 얼굴을 봐야 하니 힘들었습니다. 저는 도대체 왜 그런 짓(?)을 한 걸까요. 도대체 왜 그걸 출판-판매까지 한 걸까요. 그때는 그렇게 답했습니다. 내 의지대로 한 일이 아니라, 『토지』 안팎의 사람들과 마주하다 보니 거기에 이르렀다고 말입니다.

『박경리의 말』, 지금은 뭐라 말할 수 있을까요. 물론 『토지』 안팎의 사람들이 여전히 저를 이끌고 있습니다. 어느 때 어느 곳에서 『토지』를 같이 읽었던 사람들도, 오래전 학교에서 〈고전 읽기〉를 함께했던 학생들도 그때 그 시간을 되돌아본다 합니다. 그들은 강의실에 스며들던 햇빛 한 조각을, 제가끔 생각을 나누던 얼굴들을 떠올리고, 『토지』를 읽었던 시간들을, 그때의 마음들을 전해주었습니다.

지금도 〈고전 읽기〉 강의는 열리고 있습니다. 1969년부터 쓰인 소설을 2000년대의 학생들과 읽고 있습니다. 그런데 옛날이야기인 줄만 알았던 책이 재미있다 합니다. 자신이 자투리 시간마다 책을 꺼내 읽을 줄 아는 인간이었음을 처음으로 알게 되었다 합니다. 심지어 TV 드라마에서 '봉순이'의 어린 시절을 연기했던 아이가 이십 대 대학생이 되어 함께 『토지』를 읽기도 했습니다. 섬진강 겨울바람을 맞아가며 뜻도 모르고 읊었던 그때의 대사를 책으로 읽는다며 감개무량해하더군요.

혹자는 학생들이야 학점 때문에 읽는 거 아니냐고 반문할지도 모르겠습니다. 그런데 왜 하필 저들은 하고많은 강의 중에 〈고전 읽기〉로 밀려들어와 학점을 따려는 걸까요. 왜 하필 요즘 사람들이 아직껏 『토지』를, 박경리 선생을 마주하고 있는 걸까요. 놀랍게 발전한 기술, 인간보다 더 매혹적이라는 인공지능(AI)이 현현하는 세상인데 말입니다. 경이로운 세계 변화의 한편으로는 먹고사느라 여전히 숨 막히게 바쁜데도 말입니다.

다시 『토지』의 말을, 박경리 선생의 말을 생각해봅니다. 제게로 와닿은, 지금 이 순간에도 사람들의 손이 책을 붙잡게 만드는 그 힘이 무얼까요. 어쩌면 이러한 책 읽기는 피곤하고 따분하거나 소모적인 일일지도 모릅니다. 귀찮고 힘들 뿐 아니라 해괴한 일로 여겨질 수도 있습니다. 스무 권이나 되는 긴 이야기, 드라마나 영화에 시시때때로 불려 나오는 식민지 때 이야기가 지금 우리와 무슨 상관이냐고 말입니다.

그럼에도 불구하고, 언제 어느 세상일지라도 나는 나이고, 내가 내 삶을 살아간다는 대단히 소박한 사실은 그대로입니다. 단순한 그 사실이야말로 일제강점기의 『토지』 속 사람들이, 그보다 더 오래전부터의 인간이, 아니 인간이 인간인 한 그렇게 살아가야 할 모습일 겁니다. 박경리 선생은 그 인간을, 그 삶을 우리에게 전해주고 있는 것이었습니다. 그래서 우리는 그 오래된 책을 두고, 거울에 나를 비춰보듯 그렇게 인간의 삶을 마주하고 있는 것이었습니다. 아마도 인간이 인간인 한, 『토지』와 박경리 선생의 말은, 또 세상 모든 책들은, 그렇게 우리 안으로 스며들고 우리를 깨우치고 우리를 이끌어나갈 겁니다.

이제 저는 『토지』가 품고 있는, 박경리 선생이 전해주는 인간의 삶 속으로 다시 들어가 지금 여기의 삶을 길어 올리고자 합니다. 저와 함께 이 책을 만나는 모두가, 제 각자의 삶을 『토지』로부터 그리고 또 다른 세상의 책들로부터 읽어내고, 이로써 자신을 마주하고, 그리하여 자신의 길을 만들어나가는 모습을 상상하면서 말입니다.

차례

Ⅲ 우리 곁에 있는 사람

I

나에게
스며드는
말

"살았다는 것, 세상을 살았다는 것은 무엇일까? 내게
는 살았다는 흔적이 없다. 그냥 그날이 있었을 뿐, 잘 견
디어내는 것은 오로지 권태뿐이야."

18권 272쪽

힘겹다,
세상살이

자신의 괴로움을 호소하는 양현°을 보면서 명희가 한 말입니다. 이십 대 아가씨 양현은 절세미인이자 보기 드문 여의사입니다. 하지만 그녀는 사랑도 순탄치 않고, 가족 관계도 혼란스럽습니다. 양현은 이모뻘쯤 되는 명희를 찾아와 자신이 처참하고 절망적인 상태라며 울음을 터뜨립니다.

펑펑 눈물을 쏟아내는 양현 앞에서 명희는 뜨개질거리를 집

○ 『토지』의 기생 기화(봉순)와 이상현의 딸, 아버지의 존재를 모르고 자라다가, 아편 중독이 된 엄마와 함께 서희의 집에서 산다. 엄마의 자살 이후 서희의 양녀가 되어 극진한 사랑을 받지만, 영광(송관수의 아들)과의 사랑에, 환국(서희의 첫째 아들)의 아내 덕희와의 갈등으로 괴로워한다. 한편 남매처럼 자랐던 윤국(서희의 둘째아들)은 양현에게 남녀 간의 애정을 느끼고, 서희도 윤국과 양현의 결혼을 바란다. 이런 상황에서 양현은 이상현 집안으로 호적이 옮겨져 최양현에서 이양현으로 바뀐다. 이 모든 일 앞에서 괴로워하던 양현은 평소 살뜰하게 자신을 챙겨주던 명희 앞에서 눈물을 보이며 자신의 고통을 호소한다.

어 들어 "바늘에 실을 걸어 빼고, 또 실을 걸어서 빼고…" 두 손을 놀립니다. 한참이나 울던 양현은, 저는 절박해서 우는데 아주머니는 어찌 뜨개질만 하시냐, 제게 실망하신 거냐, 저를 비난하시는 거냐 하며 명희를 쳐다봅니다. 그런 양현을 물끄러미 바라보다, 명희는 뜬금없게도 "저 아이의 고통은, 슬픔은, 어쩌면 저렇게도 투명할까, 저 청춘은 어쩌면 저리 아름다울까"라고 감탄합니다. 자신에게는 살았다는 흔적이 없음을, 그저 견디어내는 권태만 있었다고 깊이 탄식합니다.

울고 있는 양현을 앞에 둔, 명희의 저 마음은 무엇일까요. 투명한 고통과 슬픔, 그래서 아름다운 청춘이라니. 그저 수사적 표현에 지나지 않는 건지, '젊을 때는 다 그래'라는 어른들의 입버릇인 건지, 아니면 정말 특별한 의미가 있는 건지 의아합니다.

아마도 대학 신입생 때였다고 기억합니다. 뒤풀이 자리에서 어느 선배가 "언젠간 가겠~지이~~~ 푸르른 이~~ 청춘…" 하며 노래 한 곡조를 뽑아 올리더군요. 이십 대가 부를 노래라기에는 가사가 참 희한하기는 했습니다만, 채 다음 마디로 넘어가기도 전에 몇몇이 화를 내 금세 노래는 잦아들었습니다.

그때는 훗날 6월 민주화항쟁으로 이름 붙여졌던 1987년이었습니다. 매일이다시피 학교 안팎에서 시위가 일어났고, 예비역 남자 선배들과 건장한 남학생들이 앞장서서 교문께로 달려 나갔습니다. 저는 멀찌감치 서서 구호 한 자락 어설프게 따라할 뿐이었지요. 아니, 솔직히 말하자면, 저는 '가열하게 투쟁하자, 백만 학우여!'라고 외치며 핏대 세우는 모습이 무섭다며 머뭇거리는 사람이었습니다. 그런 제게도 그즈음은 대단히 뜨거운 시절이었습니다. 시위 현장 언저리를 얼쩡거릴 뿐인 대학 신입생에게도 강의실보다는 노천극장이, 교재보다는 '피(P)'라고 부르던 유인물 뭉치가 훨씬 익숙했으니까요.

바로 그런 시절에 '언젠간 가겠지, 푸르른 이 청춘'이라니요. 선연하게 기억나지는 않지만, 아마도 퇴폐적 프티부르주아 운운하며 노래 부르는 이를 나무랐던 듯합니다. 지금에야 그때는 너무 경직되어 살았구나 싶기도 하고, 대학생이라지만 참 어렸구나 싶기도 합니다.

그러나 그때는 그랬습니다. 교내 음료 자판기에 있는 '커피' 메뉴를 그냥 둘 거냐 하는 문제로 족히 서너 시간을 토론했고(커피는 수입산, 특히 '미제' 향락 풍조라는 이유였습니다), 4학년이 되었을 때는 졸업 파티를 하자는, 나이트클럽을 가보자는 누군가의 제안에 흡사 싸우듯 격론을 벌였습니다.

노래 한 구절, 커피 한 잔, 나이트클럽에서 춤추는 일 그 자체에 앞뒤 맥락도 없이 윤리와 도덕의 잣대를 갖다 댈 수는 없습니다. 그렇다고 그때 그랬던 대학생들이 매사 얼마만큼 도덕적이었느냐고 따지는 것도 의미가 없습니다. 한갓 해프닝 같기도 하고 철없던 과거사 같기도 하고 귀여운 여담 같기도 합니다만, 젊음은 원래 그렇다 싶습니다.

그보다 어릴 때는 더 그랬습니다. 바스락거리는 종이 소리, 까꿍 손짓 하나에도 환하게 웃었습니다. 손에 쥐고 있던 과자 부스러기 하나만 떨어져도 앙앙 울었습니다. 돌멩이가 대구루루 굴러가도, 짝꿍의 재채기 소리에도 깔깔 웃어댔습니다. 툭 떨어진 나뭇잎 하나에도, 바람 한 줄기에도 세상이 다 무너진 듯 심각해졌습니다. 눈물을 글썽이기도 했습니다.

그런 이들이 마주하는 그 순간의 하나하나는 그들의 세상 전부이자 전 우주가 아니었나 싶습니다. 아마도 노래 한 구절, 커피 한 잔을 두고 시대와 민족을 운운했던 청춘들도 그런 사람들이었겠지요. 자신이 마주하는 모든 것을 온전하게 몸으로 느끼고, 겪어내는 이들 말입니다.

『월든』으로 잘 알려진 소로는 이런 말을 남겼습니다. "내가 숲속으로 들어간 이유는 깨어 있는 삶을 살기 위해서였다." 호숫가에 오두막을 짓고, 소박한 먹거리와 검소한 생활방식을 택했던 소로. 그가 말한 '깨어 있는 삶'이란, 필연적이고 존재 이유가 있는 것만을 존중하는 삶, 그래서 자기 삶의 진정한 의미를 찾는 것이었습니다. 그래서 가능한 한 모든 것을 단순하게 만들기, 최소한의 조건만 갖추고 생활하기, 그런 가운데 하나하나를 온전하고 진실하게 경험하기 등과 같이 삶을 극한으로 몰아세우는 스파르타식 삶을 주장했습니다.

실제로 그는 2년여 동안 하루 세 끼가 아니라 간소한 한 끼만을 먹고, 두세 가지 일만 신경 쓰고, 소비지출을 최소한으로 억제하는 금욕적 일상을 계속했습니다. 그래서 내게 정말 중요한 것은 무엇인지, 내게 의미 있는 것은 무엇인지를 스스로 찾으려한다고 말했습니다. 그에 앞서 소로는 이런 생활을 자신의 "실험"이라고 표명했지만, 그래도 저런 삶은 너무 극단적이고, 비현실적이라고 생각하는 사람들도 꽤 많습니다. 소로 스스로도 '스파르타식 삶'이라 했으니 이는 자연스러운 반응이기도 합니다. 다만 소로의 삶을 두고, 그 엄격함과 극한의 추구에 대해 주목할 것이 아니라, 그가 그러한 생활방식을 통해 무엇을 '어떻게' 얻고자 했는지를 살펴볼 필요가 있습니다.

소로가 말하고 행했던, 깨어 있는 삶은 그야말로 삶의 본질을 대면하자는 것이었습니다. 그러기 위해서는 무엇이 본질인지를 스스로 깨달아야만 합니다. 그 이후에야 소로의 말처럼 예리한 낫으로 삶이 아닌 모든 것을 거침없이 베어버릴 수 있을 테니까요. 소로의 극단적 생활 실험은 삶의 본질을 구별해내기 위해 일상 속의 무디어진 감각을 버리는 것이었습니다.

일상으로부터 오는 외부 자극을 최소한으로 만들고, 모든 감각과 모든 생각을 나 자신에게 집중시키고자 한 것이지요. 아마도 이는 단식 이전과 이후의 변화를 떠올리면 쉽게 상상이 갈 듯합니다. 단식을 경험한 분들의 말을 들어보면, 단식으로 느껴지는 가장 직접적 변화는 미각이라더군요. 일주일 아니 이삼일만 단식을 해도, 그 이후에는 거의 절대미각 수준에 이른다고요. 맨밥 한 숟가락의 단 맛, 간장 한 방울의 짠맛과 단맛 등등을 비롯해 예전에는 결코 느끼지 못했던 갖가지 감각이 발휘된답니다. 물론 이런 절대미각이 계속 유지되는 건 아닙니다만, 소믈리에 같은 이들이 시음이나 시식 전에는 자극적인 음식을 금기시하고 심지어 단식을 하기도 한다니, 외부 자극을 최소화하는 일의 효과는 확실히 있는 듯합니다. 그러니 소로의 2년여의 생활 실험, 외부 자극으로부터의 단절을 통해 삶의 감각을 벼리고, 그런 감각으로 본질을 찾아내자는 것은 꽤 유용한 방법이었다 싶습니다.

『토지』에 등장하는 양현을 비롯해 해맑은 아기들과 단순한 아이들, 순수한 청년들은 삶의 본질 한 가닥에 닿아 있다 싶습니다. 하지만 이런 아이들, 젊은이들과는 달리 어른이 되어버린다는 것은 어쩌면 그 예민한 삶의 감각이 무뎌지는 일인지도 모르겠습니다. 저 또한 명희의 말처럼 그냥 그날그날 잘 견디어낼 뿐인, 권태로운 어른이 된 것만 같습니다.

고통도 슬픔도 있는 그대로 온몸으로 겪어내는 투명함 대신에 필요나 불필요, 유불리 혹은 화폐 이익 여부를 요모조모 따져봅니다. 어쩌면 고통과 슬픔을 제대로 느끼지 못하는 감각불능의 상태에 더 가까운 것도 같습니다. 큰 소리로 웃기, 눈물이 날 만큼 웃기, 하염없이 눈물 흘리기, 엉엉 소리 내어 울기… 그런 일이 언제 있었나 싶습니다. 이래도 흥, 저래도 흥, 그야말로 '흥챙이'가 되어 시큰둥한, 그렇고 그런 삶이 내 민낯이지 싶습니다.

저는 소로처럼 어딘가에서 새로운 삶의 실험을 할 자신도 없고 양현처럼 이십 대로 되돌아갈 방법도 없습니다. 저는 그저 명희처럼 "살았다는 것, 세상을 살았다는 것은 무엇일까?"라는 질문을 제 자신에게 던져보고자 합니다. 세상 모든 사물과 순순히 마주했던 그 감각을 더듬어보고자 합니다. 그들을 통해 삶의 흔적을 찾고, 나 자신의 세상살이를 그려보고 싶습니다. 살았다는 것, 세상을 살았다는 것의 충만한 기쁨을 느끼고 싶습니다.

"피는 흘릴 만큼 흘려야 병은 치유되는 법이다."

6권 48쪽

하나이며 둘인,
세상 어디에도 없는 관계

평사리를 떠나온 서희, 간도에서 자리를 잡은 후 길상과 결혼할 마음을 먹습니다. 이를 알게 된 상현은 아버지 이동진에게 이 혼인을 막아달라고 청합니다. 어릴 때부터 이웃이었던 이상현과 최서희, 그들은 구슬처럼 영롱한 양반댁 도련님과 애기씨였습니다. 그들의 아버지인 이동진과 최치수는 절친한 친구였으며, 서희의 할머니 윤씨부인은 이상현을 손녀사위로 점찍어놓기도 했더랬습니다. 그런데 어찌어찌 이상현은 다른 사람과 정혼하고 결혼까지 해버렸습니다. 결국 그들의 혼인은 제대로 말도 꺼내보지도 못한 채 끝납니다만, 당사자들에게나 주위 사람들에게나 여전히 아쉽고 약간은 애매한 일로 남겨집니다. 이후 상현은 서희를 도와 평사리 사람들과 함께 간도로 왔습니다.

서희의 결혼 결심 앞에서 저도 모를 질투에 사로잡힌 상현. 양반의 법도와 서희의 장래를 내세워 결혼 반대를 운운하는 상현을, 박경리 선생은 이렇게 말합니다.

"모두 구실에 지나지 않는다는 것을, 반대의 절실한 이유는 등 뒤에 감추어버리고 자못 정당한 척, 그 구차스러움을 돌아볼 만한 여유가 없다. 그뿐이랴, 길상과 서희와의 혼인을 빠개버릴 수만 있다면 어떤 방법 어떤 비열한 수단도 서슴없이, 죄책감 없이 강행할 상현의 정신 상태였다." 6권 47쪽

그런 아들에게 이동진은, 서희는 사내보다 담대하다며, 연해주 간도 바닥을 다 찾아도 아니 조선 천지에도 길상만 한 신랑감은 없을 거라고 극찬합니다. 이런 "자신의 말 한마디 한마디가 비수가 되어 아들 심장에 꽂히는 것"을 이동진은 너무나 잘 압니다. 또 그는 아들이 왜 저리 허둥대는지, 어떤 복잡한 심정일지 손금 보듯 훤히 알고 있습니다. 그런 아들이 한편으로는 "지지리 못났다 싶어 울화통"이 치밀고, 또 한편으로는 마음 아픈 상황에 상현이 말려들어갔다 싶어 애처롭습니다. 결국 아들만큼이나 아비의 마음도 헝클어져버립니다.

이 모든 상황을 매듭짓듯이 내놓은 아비의 말이 "피는 흘릴 만큼 흘려야 병은 치유되는 법이다"였습니다. 이는 어쩌면 아들에게는 물론 이동진 스스로를 위로한 말일 듯도 합니다. 그런데 이렇게 말했다고 해서 그가 실제로 그렇게 살고 있는 것은 아니었습니다.

서희와 길상의 혼인을 추진하려고 길상을 데리고 김훈장을 찾아갔을 때 이동진은 다시 흔들립니다. 두 사람의 혼인을 의논하자, 김훈장은 해괴망측하다고 고함을 지르며 격노하고, 더러운 야합이라고, 서희가 이익에 눈멀었다고 한탄합니다. 당사자인 길상이는 모멸감을 느끼며 이미 정해둔 여자(옥이네)가 있다는 핑계로 혼인을 거부합니다. 그 순간 이동진은 어깨를 축 늘어뜨리며, 그러나 실망보다는 안도에 가까운, 스스로도 이상한 상태라 여겨지는 기분에 빠져듭니다.

다음 날 이동진은 자신을 되짚어봅니다. 그때의 안도감은 무엇이었을까. 나는 행여라도 김훈장이 반대해주길 바란 것일까, 길상이 나서서 마다하길 바란 것일까 등등. 그리고 자기 내부에 서희와 길상의 결합을 반대하는 "무의식의 방해공작"이 가동되고 있었다는 생각이 듭니다. 여기에 이르자 이동진은 뭐라 할 수 없는 착잡한 기분에 사로잡힙니다. 사실 착잡하기보다는, 얼마나 부끄럽고 민망할까요. 아비의 모진 말에 괴로워하는 아들을 보며, 그래도 이게 진정으로 아들을 위하는 길이라 생각했는데, 막상 자신도 아들이나 별반 다를 바가 없었다니… 이동진의 자괴감은 엄청났을 겁니다.

부모 입장에서 이동진의 마음을 되짚어봅니다. 대쪽 같은 양반, 수양하듯 살아가는 선비 이동진, 그는 자신과 자기 피붙이에게는 더 엄격했습니다. 아들 상현의 복잡한 심정도, 전후좌우 상황도 모두 헤아리지만 아들을 위해 그리고 모두를 위해 칼날 같은 말을 주저치 않았습니다. 그런 그에게도 자식만을 위하는, 기울어진 마음이 있었던 겁니다. 어쩌면 부모에게, 공평하라는 그 요구는 애시당초 불가능한 일일지도 모르겠습니다.

또 자식을 키운다는 것은 '거리'에 대해 가장 직접적으로 감각하는 일일 듯도 합니다. 내가 낳았지만, 나는 아닌, 그렇다고 남도 아닌… 그 미묘한 거리를 감지하면서 나와 타자라는 거리 감각을 익히는 일 말입니다. 자식이 내 마음대로 안 된다. 그렇지요. 자식 때문에 속 끓이는 부모가 이렇게 말합니다. 다른 집 아이라면, 나도 '쿨하게' 21세기형 인간이라든지, 4차 산업혁명에 맞는 인간형이라든지 뭐 이렇게 얘기해줄 수 있을 거 같은데, 도대체 어디로 튈지 모르는 내 자식을 눈앞에서 보려니 괴로울 뿐이라고요.

부모와 자식, 참 알쏭달쏭한 관계입니다. 하나인 듯 둘인 듯… 그 관계는 원래 출발점부터가 기묘합니다. 우리말 '홑몸'은 아이를 배지 않은 몸을 가리킵니다. 그런데 '겹몸'이라는 말은 없습니다. 아이를 가진 엄마가 '홑몸'이 아닌 것은 분명하지만, 그렇다고 서로 다른 둘이 포개진 두 사람도 아니라는 겁니다. 원래 언어는 '비슷한말'과 '반대말'이 짝을 이루게 마련입니다. 그런데 '홑몸이 아닌 사람'이긴 한데 '겹몸'은 아니라니. 이야말로 부모 — 자식 관계의 본질을 정확히 반영한 말 쓰임입니다. 그것은 하나이지 않은 둘 그러나 대립적인 둘이 아닌, 타자를 품고 있는 '나'가 엄마임을 가리키기 때문입니다.

임신은 바로 나 아닌 다른 생명체를 내 안에 품어 길러내는 일입니다. 심지어는 그 생명체가 나와는 세포 구성이나 혈액형도 다릅니다만 그 이질적인 존재에 대해 나는 아무런 거부반응도 일으키지 않습니다. 곰곰 생각해보면 신비하다 못해 이상스럽기도 합니다. 그러니 영화 〈에이리언 3〉(1992)처럼 여성의 몸 안에서 자라나는 외계생명체라는 장면을 만들어내는 것도 결코 무리가 아니다 싶습니다. 그것은 이질성을 배태하는 것에 대한 공포를 극단까지 확장한 결과이지요.

이상한 일은 또 있습니다. 인간의 실제 출산에서는, 태어나는 아기가 주체가 되고 내가 타자가 되어버리는 역전이 일어난다는 겁니다. 이후 아기가 자라나면서도 하나이지 않은 둘 그러나 명백히 분리된 둘은 아니라는 '이상함'은 계속됩니다. 어쩌면 이렇게 부모 판박이냐며 소위 유전자 결정설을 운운하다가, 또 어쩌면 저렇게 부모와 다르냐고 이질성에 놀라워하는 겁니다. 부모-자식 관계가 이리 오묘하니, 이동진이 아들 상현을 나무라다가도 무의식중에 편드는 따위의 오락가락하는 태도는 지극히 자연스러운 일이기도 합니다.

그런데 『토지』에서 또 다른 '부모' 월선이는 이런 모습으로 나타납니다. "난 옴마 눈만 보아도 기분이 좋았다. 홍아, 이놈 자식

아, 하면은 화나는 일도 다 풀어지고…." 8권 110쪽

홍이의 생모 임이네는 자기 욕심 채우기 바쁜 사람이었습니다. 그녀에게 아들 홍이는 어쩌면 남편으로부터 돈을 받아낼, 자기 위치를 보장할 증명서 정도였을 겁니다. 월선이는 홍이의 아비인 용이의 정인(情人)일 뿐입니다. 그런데도 홍이는 월선을 '간도 옴마'라 불렀습니다. '옴마'를 보기만 해도 기분이 좋아졌답니다. '옴마'의 목소리만 들어도 화나는 일이 다 풀어졌답니다.

홍이가 떠올린 월선이의 모습, 그것이 부모-자식 관계가 가진 힘이라는 생각이 듭니다. 하지만 그 힘이 그저 주어지는 것은 아닙니다. 낳아놓았다고 자식이고, 낳기만 하면 부모냐는 말처럼요. 이동진은 아들 상현에게, 피는 흘릴 만큼 흘려야 한다 했지만, 정작 고통은 아들과 아비 둘이 같이 겪어야 하는 것이었습니다. 그런 다음에야 상처에 딱지가 앉고, 병이 낫고, 그렇게 부모가 되어가고, 자식이 되어가는 것이겠지요. 그 이후에야 비로소 하나이며 둘인, 세상 어디에도 없는 관계를 맺게 될 것입니다. 이를 통해 우리는 나와 나 아닌 존재 즉 나와 타자의 거리 감각을 배우고, 그로부터 나와 너, 우리라는 공동체를 헤아리게 될 것입니다.

"산다는 거는… 참 숨이 막히제?"

17권 359쪽

캄캄절벽
앞에서

언젠가 출판사에 들렀을 때입니다. 저의 책 『나, 참 쓸모 있는 인간』이 출간되고 얼마 안 된 무렵이었습니다. 이야기를 나누던 중 편집자 님이 그러더군요. 그 책 편집 작업을 해서 그런가 어느새 『토지』에 젖어들어 버렸다고. 어, 그럼 이제 『토지』를 다시 읽고 있는 거냐고 하니까, 아직 거기까지는 엄두를 못 내고, 다만 『토지』가, 『나쓸모』(저의 이전 책을 가리키는 약칭입니다)가 여기저기서 불쑥불쑥 튀어나온다는 이야기를 하더군요. 예를 들면, 설거지하다 말고 '산다는 거는… 참 숨이 막히제?'라며 한숨을 쉬었다나요. 싱크대 앞에서 빨간 고무장갑을 낀 채로 '산다는 거는… 참 숨이 막히제'라니요. 갑자기 그 기묘한 광경이 눈에 보이는 듯해 깔깔거리며 웃었습니다.

이 말은 『토지』의 '한복'이가 늘그막에 이르러 혼잣말하듯 내

뱉은 것입니다. 그의 아비는 최참판댁 당주인 최치수 살인죄로 처형당했고, 그 때문에 어미는 집 마당 살구나무에 목을 매달고 자살했습니다. 하나뿐인 형은 간도로 건너가, 일본 순사부장 자리까지 올랐습니다. 가족이 내 울타리가 되어주기는커녕 그들의 무게에 짓눌려 자기 존재가 사라질 지경입니다. 이 와중에 '한복'이가 잘 성장해 결혼하고 아들딸 낳고 살아간 것 자체가 도리어 놀랍습니다. 더구나 올바른 마음씨는 물론 의로움(독립자금 전달 등)까지 갖춘, "현자 같은 눈빛"의 늙은이가 되었습니다. "돌밭의 질기고 못생긴 무 꽁댕이", "밟히고 또 밟히는 길가의 잡초" 같던 아이가 현자라니요. '한복'이의 지난날들에 뿌려진 서러운 눈물은 어쩌면 천지사방 홍수를 일으킬 정도가 아닐까요. 그 혹독한 고통을 다 견디어낸 늘그막에 이르러서야, 비로소 막힌 숨 토하듯 "산다는 거는… 참 숨이 막히제?" 한 겁니다.

그 말이, 설거지하다 밀려나오다니요. 웃자고 한 말인가 싶기도 합니다. 그런데 비단 그 편집자만은 아니었습니다. 희한하게도 '한복'이의 저 말이 '내게로 스며들었다'라는 사람이 참 많았습니다. 앞서 언급한 저의 책 『나쓸모』 출간을 알린 인터넷 게시물에 달린 댓글들에서도 그랬습니다. '한복'이의 저 말에 '격한 공감'을 보내는 이들이 유난히 많았습니다. 실은 저도 그랬습니다. 책의 장별 소제목을 궁리할 때 제일 먼저 '한복'이의 말이 떠올랐고, 그래서 그렇게 붙인 것이기도 했습니다. 하지만 저는 물론이고, 저 말에 공감하는 사람들 모두가 '한복'이만큼 참담하고 쓰라린 삶을 산 것은 아닐 겁니다. 육친의 참혹한 죽음, 그것도 아비는 처형당하고 어미가 생목숨을 끊는 그런 비극, 자기 목숨을 부지하는 것조차 어려운 상황, 존재 자체가 깡그리 묵살당하는 치욕 등은 상상하기도 쉽지 않은 고통입니다. 그런 삶의 무게를 견디고 살아남은 자의 회한 젖은 말이 "산다는 거는⋯ 참 숨이 막히제?"였던 것이지요. 그런데도 왜 모두들, 보통의 삶을 살았던 사람들까지도 이 말에 그리 젖어들었을까요.

의료사회학자 아서 프랭크는 서른아홉 나이에 심장마비, 마흔에는 암을 겪으며, 자신의 고통과 질병에 대해 깊이 성찰합니다. 그에 따르면, 우리 인간을 하나의 범주로 묶을 때 그 공통성의 핵심을 이루는 것이 '고통'입니다.° 그러나 그것이 어떤 고통인지, 어떤 강도로 경험하고 어떻게 반응하는지 등등의 차이는 별 상관이 없습니다. '한복'이처럼 존재 자체가 무너져 내릴 고통인지, 혹은 배부른 자의 넋두리처럼 시답잖은 고통인지는 따질 필요가 없습니다. 아니, 애초부터 고통의 무게나 정도를 '객관적으로' 판단한다는 것은 인간의 능력 바깥의 일인지도 모르겠습니다.

공통성의 고통이라 할 때는, '고통을 겪는다'라는 것 자체를

○ 아서 프랭크, 『아픈 몸을 살다』, 봄날의책, 2017, 192~193쪽.

가리킵니다. 『토지』에서도 그와 비슷한 장면이 이렇게 등장합니다. "한이 된다는 말도 이제는 사라지고 없는 것 같았다. 희망이 없는 캄캄절벽, 어디서 빛줄이 새어들어 한을 풀 새날을 기다려 본단 말인가. 삶의 의지를 잃은 사람은 비단 성환할매나 박서방 뿐만은 아니었다. 최서희도 지금 평사리에 내려와 있었다. 날개 찢긴 나비같이, 거미줄에 걸린 나비같이, 파닥거리지도 않았고 몸부림치지도 않았다. 조용하게 사람을 바라보았다. 만석꾼 살림의 최서희나 나룻배 뱃삯을 선뜻 내놓을 수 없는 박서방이나 눈이 멀어버린 성환할매, 살아보고 싶은 뜻을 잃은 상태는 매일반이었고 그리고 그것은 평등했다." 19권 238쪽

일제 말기의 평사리 마을. 지금의 우리가 그때를 '암흑기'라고 통칭하듯, 전쟁은 세계로 번져나갔고 식민지였던 조선은 겹겹으로 괴롭던 시절이었습니다. 그야말로 캄캄절벽 앞에 서 있는 심경이었을 테지요. 만석꾼 부자 서희도, 가난한 소작농 박서방도, 애달픈 가족사를 짊어진 채 눈이 멀어버린 성환할매도 다 그렇답니다. 이들은 제각각 다른 사연의 고통을 겪는 만큼이나 제각각 다르게 살아왔던 사람들입니다. 그럼에도 불구하고 '고통'을 '경험'하고 있다는 사실 자체는 마찬가지라는 겁니다. 이런 의미에서 고통은 인간이라면 누구나 겪을 수밖에 없는, 인간의 존재 조건이나 다름없다 싶습니다. 그러하니 "산다는 거는… 참 숨이 막히제?"라는 '한복'이의 말이 서로 다른 우리 모두를 공명

시켰나 봅니다.

　제각각 다르게, 그러나 인간이라면 누구나 크고 작은 고통을 겪고 죽음을 맞이합니다. 그래서 그것들은 인간을 하나로 묶어주는 공통경험입니다. 하지만 이 공통경험이 '참말로 공평'하다지만, 기묘하게도 또 이들은 온전한 '나만의' 것입니다. 어느 시인은 이렇게 말하기도 했습니다. "생각해보라, 네 고통은 나뭇잎 하나 푸르게 하지 못한다."° 그렇지요. 아무리 극심한 몸의 고통도, 그 어떤 정신적 고통도, 그 아픔은 온전히 나만의 것입니다.

　저는 이십 대 때부터 허리가 아팠던 일이 허다합니다. 가볍게 삐끗한 적도 많고 끙끙거리며 병원을 들락날락한 적도 여러 번입니다. 이런 저를 보고 '30년 전통의 허리'라며 놀리는 사람도 있습니다. 그 말마따나 유구한 역사가 있는 고통을 겪다 보니 재미난(?) 사실을 깨닫게 되었습니다. 심각하게 허리가 아파서 누워 있을지언정 나머지 육신은 물론 신체기관들도 멀쩡합니다. 꽤 불편하지만, 밥도 먹고 말도 합니다. 그리고 아픈 허리를 잘 받친 상태라면 당장의 고통은 없습니다. 얼굴도 말짱합니다. 아프다는 걸 때때로 깜박할 정도입니다. 그러나 꼼짝달싹도 할 수 없습니다. 누운 채로 무심결에 몸이라도 비틀었다가는 그야말로 '악!' 소리 나는 고통을 맛봐야 했습니다.

○ 이성복, 『네 고통은 나뭇잎 하나 푸르게 하지 못한다』, 문학동네, 2001.

그때 제 소원은 '옆으로 돌아누울 수만 있다면'이었습니다. 겨우 일어나 앉을 만큼 회복이 되고 나자 내 손으로 양말만 신을 수 있다면 하고 바라기도 했습니다. 옆으로 돌아눕기, 앉아서 밥 먹기, 혼자 양말 신기, 푹신한 소파에 기대앉기 등등의 사소한 일상이 특별히 대단한 일들로 여겨졌습니다. 하지만 그건, 아픈 '그때'의 나만이 이해할 수 있는 것이었습니다. 다시 건강해지고 나서는, 그때의 그 절실함이 나 스스로도 어이없고 우스웠습니다. 그때의 절박했던 심정, 힘들었던 감각은 이미 사라지고 난 이후이기 때문입니다. 당사자가 이러하니, 우리가 누군가 다른 이의 고통을 공유하기란 대단히 어려운 노릇입니다. 고통을 겪는다는 사실 자체는 인간의 공통경험이지만 그 고통 자체는 그때 그 당시의 '내 몫'일 뿐인 것이지요. 그래서 많은 학자가 인간에게 중요한 윤리 덕목으로 공감을 손꼽았나 봅니다. 내가 겪는 고통이 아닌데도, 그 감각을 직접 느낄 수는 없는데도, 그럼에도 불구하고 그 고통을 상상하고 짐작하여 함께하려는 노력, 그 노력이 가닿은 곳에서 공감이 만들어지는 것일 테니까요.

한편 아서 프랭크는 질병의 가치는 나를 확인하는 데 있다고 말합니다. 심각한 병일수록 우리를 삶의 경계로 데려가, 삶의 가치를 새로운 방식으로 생각하게 해준다고 합니다. 그 새로운 방식은 '위험한 기회'이기도 합니다. 그건 질병으로 많은 것이 사라질 수도, 심지어는 목숨까지 잃을 수도 있지만, 그래도 내게는 새로운 방식으로 살아갈 선택의 기회가 주어진다는 뜻입니다. 그의 말을 따르자면, 고통은 내게 "왜 지금껏 살아온 것처럼 살아왔는가, 미래가 있을 수 있다면 어떤 미래를 원하는가"라는 질문을 던집니다. 그 앞에서 나는 오랫동안 살아왔던 대로 계속 사는 대신, 살고 싶은 삶을 선택할 기회를 찾아낼 수 있습니다. 이것이 질병의 가치입니다.°

이런 가치가 질병과 관련된 고통에만 해당하는 것은 당연히 아닙니다. 아우슈비츠라는 죽음의 수용소에 갇혔던 빅터 프랭클은 '고통의 의미'를 이렇게 이야기합니다. 자기를 고통에서 구해주거나 자기를 대신해서 고통을 받아줄 수 있는 사람은 아무도 없다는 것을 깨닫지만, 바로 그 고통 앞에서 인간은 '마지막 자유'를 획득할 수 있다는 겁니다. 그 어떤 고통일지라도, "어떠한 환경에 놓이더라도 자신의 태도를 선택하고, 자신만의 방식을 선택할 수 있는 자유" 말입니다.°°

얼마 전부터 '꽃길만 걷자'라는 말을 자주 듣습니다. 좋은 일이 많이 일어나기를 바라는, 재치 넘치는 표현이다 싶습니다. 제 부모님 세대에서는 젊어 고생은 사서도 한다고 했지만, 누군들 고생스러운 삶을 원하겠습니까. 그저 이 괴로움을 견디고 나면

○ 아서 프랭크, 『아픈 몸을 살다』, 봄날의책, 2017, 7~17쪽.
○○ 빅터 프랭클, 『죽음의 수용소에서』, 고요아침, 2005.

나중에는 좋은 결과가 오리라 믿었고, 그 미래를 위해 지금 더 노력하자는 마음이었겠지요. 한데, 그런 미래가 영영 올 것 같지 않다는 불안과 절망이 '참고 견디자' 따위의 말을 사라지게 했습니다. 이런 세태 변화를 전적으로 개인의 마음가짐 탓으로 돌릴 수만은 없습니다. 현실이 달라졌다는 가시적 증거도 이미 곳곳에서 찾아볼 수 있으니까요.

그 때문에 '소확행(작지만 확실한 행복)'을 찾자, '꽃길만 걷자'라고들 합니다. 그러나 꽃길을 원하든 고생길을 원하든 그 정도와 빈도가 다를지언정 인간이라면 누구나 고통을 겪을 수밖에 없습니다. 공통경험으로서의 고통의 의미가 있다고 앞서 언급했던 것처럼 말입니다. 또 그 고통은 온전한 나만의 것이라 했습니다. 그래서 내가 직면한 삶의 고통에 대해 내가 어찌할지 결정할 수밖에 없는 것이라고 했습니다. 고통을 겪은 이후 어떤 결과가 주어질지는 아무도 모릅니다. 꽃길을 걷게 될지, 개고생 했다며 한탄할지 아무도 모릅니다. 다만 우리 모두는 각자의 고통을 '위험한 기회'로 삼고, 인간의 '마지막 자유'를 선택할 수 있습니다. 그로부터 나는 고통을 겪기 이전과는 명백히 다른 삶을 살아가게 될 것입니다. 그 '다름'이 좋을지 나쁠지 불확실하다는 위험은 여전하지만, 하여간 그렇습니다.

우리에게 익숙한 한자성어 '진인사대천명(盡人事待天命)'이나 '결과보다 과정이 중요하다'라는 말도 이런 맥락에서 다시 생각해볼 수 있습니다. 우리가 살아가는 현실은 어쩌면 결과를 더 강조하는 냉혹한 세계일지도 모릅니다. 농담인 양 '1등만 기억하는 더러운 세상' 운운하는 것처럼 말이지요. 그렇다면 '진인사' 라느니 '과정'이 중요하다느니… 하는 말은 그저 오래된 명언에 지나지 않는 것일까요. 아니면 정신승리나 자기위안인 걸까요. 그 무엇이라 해석하든 간에, 또 그 명언을 믿든 안 믿든 간에, 현실에서 결과는 중요합니다. 그걸 무시할 수 있는 사람은 아무도 없습니다. 게다가 누구나 좋은 결과를 얻기 원하는 것도 사실입니다.

그러나 동시에 더욱더 분명한 사실은, 그 '결과'가 인간의 범주 밖에 놓여 있다는 겁니다. 결과를 장담할 수 있는 사람은 없습니다. 인간이 관여할 수 있는 것은 과정뿐입니다. 그러니 결과보다 과정을 더 중요하게 여길 수밖에 없습니다. 설혹 그 과정이 엄청난 고통의 연속일지라도, 그 앞에서 자기 삶의 방식을 선택할 수 있는 것이 인간에게 주어진 '자유'입니다.

가혹한 고통의 무게를 온전히 짊어졌던 '한복'이는… 이렇게 자기 삶의 방식을 선택했습니다.

"산다는 거는… 참 숨이 막히제?"

"그래도 나는 나다! 아버지도 형님도 아니다." **10권 404쪽**

"목이 메어 강가에서 울 적에 별도 크고오 물살 소리
도 크고 아하아 내가 살아 있었고나. 목이 메이면 메일
수록 뼈다귀에 사무치는 설움, 그런 것이 있인께 사는
것이 소중허게 생각되더라…."

12권 122쪽

서러운 사람이 많아
위로가 되고

식민지 조선에서 간도 땅으로 흘러들어온 '주갑'이란 사람의 심정입니다. 간도(間島)는 그 이름처럼 청나라와 조선 사이에 놓인 땅입니다. 그곳이, 일제강점으로 제 땅에서 쫓겨난 사람들의 피신처가 되었고 제 땅을 떠난 사람들의 새로운 모색처가 되었습니다. 그런 간도에서 '주갑'은 서러운 사람이 많아 위로가 되고, 세상이 고맙다 합니다. 그리고 바로 그 설움 때문에 살아 있는 것이 소중하다 합니다.

"서러운 사램이 많으면 위로를 받은께. 나보담도 서런 사람이 많은께 세상을 좀 고맙기 생각허게도 되제요. 조선에 남았이면 그 더런 놈의 왜놈우 새끼 똥닦개나 됐일 거이요. 누가 뭐라 뭐라 혀도 여기 온 사람들, 나쁜 놈 보담이사 좋은 사람이 많질 않더라고? 이 주갑이야 본시부터 사람도 재물도 없는 혈혈단신,

잃을 것이 개뿔이나 있었간디? 사람 잃고 재물 내버리감시로 설한풍 모진 바람 마시가며 내 동포 내 나라 생각허고 마지막 늙은 목숨 바친 어른들 생각허면…… 목이 메어 강가에서 울 적에 별도 크고오 물살 소리도 크고 아하아 내가 살아 있었고나, 목이 메이면 메일수록 뼈다귀에 사무치는 설움, 그런 것이 있인께 사는 것이 소중허게 생각되더라 그 말 아니더라고?" **12권 121~122쪽**

이런 '주갑'의 말을 듣던 또 다른 조선 사람은 미친놈 헛소리라며 코웃음을 칩니다. 내 땅 두고 쫓겨 온 신세에 무슨 공염불 같은 소리냐는 거지요. 서러움은 술 한 잔 마시고 딱 잊어버리는 게 제일이라는 충고도 덧붙입니다. 그런데도 '주갑'은 서러운 사람들이 모여 있는 이 만주바닥으로 흘러들어온 게 잘한 일이라고, 후회하지 않는다고 합니다.

그가 말하는 "사람 잃고 재물 내버리감시로 설한풍 모진 바람 마시가며 내 동포 내 나라 생각허고 마지막 늙은 목숨 바친 어른들"이 소설 속 이야기만은 당연히 아니었습니다. 조선의 명문 대가이자 조선 10대 부호였던 집안의 전 재산을 팔아 여섯 형제와 일가족 전체가 만주로 와서 항일 투쟁을 했던 이회영 일가가 있었습니다. 영화 〈암살〉의 여주인공 모델인 남자현 열사도 있었습니다. 그녀는 46세의 나이에 독립운동을 하겠다며 만주로 왔고, 환갑이 넘은 나이에 일본 총독 암살 계획을 주도했습니다. 실존 인물이자 『토지』 등장인물이기도 한 독립운동가 최재

형, 강우규도 있습니다. 명문대가의 양반(이회영)도, 양반댁 며느님(남자현)도, 러시아로 귀화했던 재외동포(최재형)도, 한의사(강우규)도 모두 간도에서 독립운동에 뛰어들었습니다. 어디 그뿐이겠습니까. 산포수였던 이도, 머슴이었던 이도 독립운동가로 우뚝 나섰으며, 이름 모를 이들의 수많은 발걸음도 함께였습니다.

나라 잃은 사람들은 중국과 일본의 사이 공간 간도에서 새로운 발판을 만들고자 했습니다. 그곳에서 대한독립이라는 공통의 꿈을 그리면서 말입니다. 양반과 산포수, 여성과 남성, 부자와 머슴… 너나없이 그러했습니다. '주갑'의 말마따나 나와 내 이웃이, 아니 우리 모두가 서럽다는 것이 공통분모가 되어주었고, 그래서 서로의 존재 자체가 위로가 되고 힘이 되어주었기에 가능한 일이었습니다.

허리케인 '카트리나'가 미국 뉴올리언스를 덮쳤을 때 재난 상황 속에서 벌어지는 일을 살펴봤던 리베카 솔닛은 이런 이야기를 들려줍니다.° 흔히 재난이 닥쳐오면 인간은 이기적으로 돌변하고, 극단적 상황에선 야만적인 모습으로 퇴보할 거라 생각하는데 실제로는 그렇지 않다고 합니다. 위급할 때 자기생존이 제일 절실한 건 당연하지만, 재난을 겪는 동안 특히 재난 이후에 놀랍게도 그와는 다른 모습이 '자주' 나타난다는 겁니다. 지진이

° 리베카 솔닛, 『이 폐허를 응시하라』, 펜타그램, 2012.

나 태풍, 폭격을 겪으면서 사람들은 자기 범주를 뛰어넘는 이타심을 발동합니다. 그래서 가족과 친구만이 아니라 낯선 이웃과 알지 못하는 타인까지 도와주고자 스스로 나섭니다. 재난은 더없이 끔찍한 불행이며 그 때문에 사람들은 모든 것이 무너진 폐허에 놓이지만, 리베카 솔닛은 그 폐허로부터 새로운 가능성을 보았습니다. 낯선 사람들끼리, 아니 이전이라면 그 어떤 관계 맺음도 거부할 그런 사람들이 자신이 가진 것을 기꺼이 나눠 주고 서로를 보살피는 가히 '혁명적 공동체'를 건설해나가는 것이었습니다. 이를 두고 "재난은 지옥을 관통해 도달하는 낙원"이라 지칭하기도 합니다.

한편 리베카 솔닛은 '재난'이란 영어 단어를 다시 곰곰이 살펴봅니다.° '재난' '재앙' '비상(상황)'은 모두 예상치 못한 상황이나 새로운 환경을 뜻하는 어원을 가진 말이랍니다. 재난(disaster)이라는 말은 '멀리' 또는 '없음'을 뜻하는 라틴어 'dis-'와 별 또는 행성을 뜻하는 'astro'의 합성어로, 문자 그대로 별이 없는 상태를 가리키는 단어입니다. 재앙(catastrophe)은 '아래'를 뜻하는 그리스어 kata와 '뒤집어지다'를 뜻하는 streiphen에서 나온 말이며, 그래서 '재앙'은 본래 예상되는 상황이 전복되는 것, 즉 반전을 뜻하는 말이었답니다. 또 비상(상황)(emergency)이라는 단어는

○ 리베카 솔닛, 『이 폐허를 응시하라』, 펜타그램, 2012, 22쪽.

emerge에서 나왔는데, 이 말은 액체에 잠겨 가라앉는 것을 뜻하는 라틴어 mergere=merge의 반대말입니다. 그래서 '비상(상황)'의 어원적 의미는 익숙한 것에서 분리되어 갑작스럽게 새로운 환경에 던져지는 일을 뜻한다고 합니다.

실로 영미 문화권의 많은 저자가 어원을 탐색하는 모습을 우리는 자주 볼 수 있습니다. 영어나 유럽어 대부분이 라틴어 혹은 그리스어에 뿌리를 두고 있으니, 그 시원을 찾아가는 것은 당연한 호기심이겠지요. 하지만 조금 더 생각해보면, 어원을 탐색한다는 것은 그 말에 담긴 사람들의 생각을 살펴보고자 함이 아닐까 싶습니다. 무엇을 떠올리며, 무엇을 알리고 싶어서, 어떤 마음으로 말을 만들었는가를 따져보는 것 말입니다. 이렇게 본다면, '재난' '재앙' '비상(상황)'의 어원을 좇아가 우리가 알게 되는 것은 바로 그 말들의 심층에 간직된 인간의 소망이자 인간의 근원입니다.

'재난' '재앙' '비상(상황)'의 어원은 길잡이가 되어줄 별이 사라져버리고, 기존의 것들은 뒤집혔고, 익숙한 것으로부터 분리된 그런 곳에 우리가 놓여 있음을 알려줍니다. 예상치 못한 상황이 늘 부정적인 것은 아닐 테지만, 그 단어들은 불행을 뜻하는 쪽으로 진화해버렸습니다. 그러나 그 말들의 심층에는 또 다른 의미가 간직되어 있었습니다. 예상치 못한 상황은 우리에게 새로운 능력을 요구합니다. 또한 그것은 우리의 익숙한 타성을 버리고 새로운 능력을 발휘할 기회라는 겁니다. 익숙한 모든 것과 결별하고, 그래서 고달프고 버거울지라도, 새로운 관계를 맺고 새로운 희망을 세울 기회 말입니다. 리베카 솔닛이 '재난'의 어원을 더듬어가며, 실제 재난 상황을 살펴가며 찾아낸 것이 바로 이 지점이었습니다.

"재난은 중생에 대한 측은지심, 집착 버리기, 자신이 독립적인 존재라는 환상에서 벗어나기, 현재에 온전히 집중하기, 무상함의 각성, 불안에서 벗어나기, 불확실성에 직면하여 적어도 태연자약하기 같은 불교 원칙들을 집중 훈련하는 과정이라고도 할 수 있다. 역으로 이렇게 말할 수도 있을 것이다. 종교란 피해와 상실 없이 재난의 열매를 얻도록 고안된 방식 가운데 하나라고. 명확성과 용감함, 이타주의, 위험과 세상의 불확실성에 직면하여 평온한 마음 유지하기는 정신수양으로 어렵게 얻어지는 것이지만, 때로는 재난 시에 끔찍한 상실 속에서 선물처럼 갑자기 주어질 수도 있다."°

서러운 사람들이 많으니 위로를 받고, 서러운 사람들이 많으니 세상이 고맙다는 주갑이는, 바로 역경 속에서 그것이 주는 선물을 찾아낸 사람, 그리하여 다시 새롭게 살아갈 희망을 이야기하는 것입니다. 그리고 보니 박경리 선생은 또 다른 사람의 입을

○ 리베카 솔닛, 『이 폐허를 응시하라』, 펜타그램, 2012, 182쪽.

빌려 고통과 환난 속에서 깨달음을 얻을 수 있음을 전하고 있습니다.

"마음으로 육신으로 고통받는 자만이 누더기를 벗고 깨끗해질 것이며 뱃가죽에 비계 낀 저 눈물 없는 무리들이 언제 그 누더기를 벗을꼬. 고달픈 육신을 탓하지 마라. 고통의 무거운 짐을 벗으려 하지 마라." 16권 197쪽

과연, 재난 속에서 폐허 속에서 새로운 배움을 얻지 못한다면 그것이야말로 가장 절망적인 재난일 것입니다. 나라를 빼앗긴 재난으로부터, 식민지라는 폐허로부터 새로운 배움을 얻은 자는 그 배움으로 힘을 얻고, 그 힘으로 자신의 눈물 속에서 길을 찾아나갔습니다. "목이 메이면 메일수록 뼈다귀에 사무치는 설움, 그런 것이 있인께 사는 것이 소중허게 생각되더라 그 말 아니냐'고 스스로에게 물으면서 말이지요.

"나는 여기 살 기다. …… 나는 아무 데도 안 가고 여기 산다."

13권 93쪽

'나'의 삶은
어디에서

『토지』의 '한복'이는 부모의 처참한 죽음(아비의 처형, 어미의 자살) 이후 내쫓기다시피 평사리를 떠났습니다. 다시 돌아온 소년은 어른이 되었고, 아내를 얻어 아들딸 낳고, 근 30년이 넘는 세월을 고향 초가집에서 살아갔습니다. 그런데 그 '한복'이가 지금에 와서 "나는 여기 살 기다"라고 꼭꼭 씹어가며 말합니다. 옆에 있던 '홍이'도 그 새삼스러움에 놀라며, 자신이 기억하는 '한복'의 모습을 더듬어봅니다. 그 모습은 이러합니다.

"30년이 넘는 세월을 그는 도망가지 않았고 수없이 갈아대는 칼날 밑에 수더분한 본래 그 모습대로 숫돌이 되어 살아온 것이다." **13권 94쪽**

수없이 갈아대는 칼날을 고스란히 감내하는 숫돌. '한복'은 정말 그랬습니다. 한 치의 과장도, 꾸밈도 없이 글자 그대로 숫돌

처럼 살았습니다. 굶주리고 헐벗고 오갈 데 없는 육신의 고달픔
은 물론이거니와, 살인자 자손이라는 천대와 멸시도 시시때때
로 가해졌습니다. 그런 '한복'이가 자신이 태어나고 자란 그 동
네에서, 나는 여기 살 거라고, 아무 데도 가지 않고 여기 살 거라
고 말하는 겁니다.

　이런 한복이와 다른 듯 비슷한 사람이 있습니다. 미국의 천
재적인 흑인 피아니스트 '돈 셜리'입니다. 그의 행적은 영화 〈그
린 북(Green Book, 2018)〉에 담겼습니다. 영화 제목은 1936년부
터 1966년까지 미국에서 흑인을 위해 만들었다는 '그린 북'에서
빌려 온 것입니다. 역사적으로 보자면, 미국의 '흑인노예제도'는
1865년 남북전쟁의 종결과 함께 폐지되었습니다. 하지만 1960
년대까지도 '흑백분리제도'는 여전했습니다. 흑인에 대한 차별
은 물론 노골적 폭력도 빈번했습니다. 그 때문에 흑인이 '안전하
게' 이용할 수 있다는 식당과 숙소 등의 정보를 모은 일종의 여
행안내 책자인 '그린 북'이 만들어졌던 겁니다.

　실존 인물인 '돈 셜리'는 두 살 때부터 피아노를 배웠고, 아홉
살 때 레닌그라드 음악원의 초대를 받았으며, 열여덟 살에 보스
턴 심포니와 협연했고, 그다음 해에는 런던 필하모닉 오케스트
라와 연주했으며, 8개 국어를 유창하게 사용했다고 알려져 있
는, 대단한 음악가입니다. 그는 뉴욕에서 출발해 펜실베이니아
주, 오하이오주, 켄터키주 등 동부에서 남부로 향하는 순회공연

을 기획하며, 이탈리아계 백인(토니 발레롱가)을 운전사 겸 비서로 고용합니다. 영화는 이들이 '그린 북'을 손에 들고 남부로 향했던 과정과 그곳에서의 공연 모습을 주된 내용으로 보여줍니다.

실화에서도 영화 장면에서도, 그 두 사람은 흑백이라는 피부색의 대조만큼이나 선명하게 다른 사람입니다. 백인 '토니'가 비속어를 입에 달고 살며, 말보다 주먹 쓰기가 익숙한 밑바닥 건달 같다면, 흑인인 '돈 셜리'는 발음 하나, 억양 하나도 또박또박 정확하게 말하는 상류층 예술가이자, 음악·심리학·예술 박사이며, '토니'의 고용주입니다. 그러나 이들의 여행이 남부에 가까워질수록 백인 '토니'는 고급 호텔을, 흑인 '셜리' 박사는 낡고 지저분한 흑인 전용 숙소에 가야 하는 기묘한 역전이 일어납니다. 흑백분리제도 때문입니다.

흑백의 분리와 그에 따른 차별은 음악 공연장에서도 일어납니다. '셜리' 박사는 공식 초대를 받은 연주자이지만, 흑인이라는 이유로 공연자 대기실이 아닌 너절한 창고 같은 곳에서 공연 의상을 갈아입고 기다려야 했습니다. 청중인 백인들은 웅장한 공연장에서 드레스나 정장을 갖춰 입고 품위 있게 말하며, 우아하게 식사를 하고 있습니다. 고상한 음악 연주를 기다립니다. 공연이 시작되자, 가늘고 기다란 그러나 '검은' 손가락이 누르는 피아노 선율이 울려 퍼집니다. 백인인 청중들은 그 연주에 갈채를 보내고 환호합니다. 그러나 공연이 끝난 후, 음악과 사람은 또다시 엄격히 구별되고 분리됩니다. 아름다운 연주는 극찬을 받아 마땅하지만, 연주한 사람은 흑인이며 그렇기 때문에 그는 헛간 같은 더러운 야외 화장실을 사용하라고 공연장 바깥으로 내보내집니다. 음악회의 품위, 아니 백인들의 품위를 지켜야 하기 때문이랍니다. 검은 피부의 피아니스트는 두툼한 입술을 지그시 깨물며, 분노에 떨리는 눈빛을 내리깔아야 했습니다.

사실 그 당시의 '돈 셜리'가 굳이 남부 순회공연을 해야 할 까닭은 없었다고 합니다. 단지 자신의 음악이 백인들에게 전해지길, 흑인 연주자의 모습을 백인들이 봐주길 기대했던, 흑인 피아니스트의 결단으로 이루어진 것이었답니다. 그러나 1960년대를 고스란히 옮겨놓은 듯한 이 영화에서는, '돈 셜리'의 고용인 '토니' 외에는 아무도 바뀌지 않았습니다. 영화 속 백인들은 자신들의 '품위'를 자신들의 방식으로 고수할 뿐이었습니다.

'품위'는 사람이 갖추어야 할 위엄이나 기품, 즉 인간의 존엄을 가리킵니다. 또 '존엄'이란 원래 인물이나 지위 따위가 감히 범할 수 없을 정도로 높고 엄숙하다는 뜻이며, 그래서 예전에는 임금의 지위에 한정해 사용하는 말이기도 했습니다. 그러나 우리 시대의 품위나 존엄은 무엇보다도 인간의 존재론적 범주에서 비롯됩니다. 왕과 양반 혹은 귀족이라는 고귀한 인간과 보통의 백성 그리고 인간의 범주에 들어갈 수 없는 천민 등의 구별이 없어졌기 때문입니다. 인간존재의 평등을 인정하는 한, 품위나 존엄은 인간의 보편적 가치임에 분명합니다. 인간은, 인간이기 때문에 그 어떤 조건이나 이유와 상관없이 단지 인간이라는 그 사실 하나만으로 고귀한 존재인 것입니다. 그것이 인간의 존엄이고 그 존엄을 지키는 자가 품위 있는 인간입니다.

하지만 〈그린 북〉의 백인들에게 인간은 눈에 보이는 피부색으로만 구별되며, 그래서 백인만이 인간이고, 그래서 백인만이 존엄과 품위를 운운할 수 있습니다. 그들에게 인간이라는 존재가치는 눈으로 구별되는 것이었습니다. 그러나 흑인 음악가 '셜리' 박사는 눈에 보이지 않는, 모든 인간의 존엄을 말하려 했습니다. 이것이 그가 굳이 남부 연주 여행을 강행했던 이유입니다. 그는 흑백 차별이 공공연한 미국의 현실에서 흑인의 존재, 인간으로서 흑인이 있음을 보여주고자 한 것입니다. 음악의 아름다움을 향유하는 데에는 피부색 차이가 없음을, 그래서 모든 인간은 똑같이 존엄함을 보여주고자 한 것입니다.

『토지』의 '한복'이도 그러했습니다. 살인자의 아들이기 때문에, 일본 밀정의 동생이기 때문에, 그로부터의 속박을 피할 수 있는 곳 혹은 자신의 가족사를 감출 수 있는 곳을 찾아 안온하게 살려 들지 않았습니다. 고향에서의 하루하루는, 그의 말마따나 "사철을 찬바람 속에, 아니 평생을 찬바람 속"에서 "뼛속까지 스며드는 외로움"을 안고 살아가는 삶이었습니다. 그 서러움이 사무치고 사무쳐 "내가 죽어 저승으로 가더라도 아부지는 보고 접잖다! 참말로 보고 접잖아! 참말로!"라고 한 맺힌 심정을 토로할 정도였습니다. 그러나 '한복'은 아비가 이러하더라도, 형이 저러하더라도, 묵묵히 숫돌 같은 세월을 보내며 자기 삶을 지켜나갔습니다. 그런 '한복'이가 내놓은 "나는 여기 살 기다"라는 저 말은, 그래서 자기 삶의 확신이자 자기 존엄의 증명에 다름 아닙니다.

아무 데도 가지 않고 여기 산다고 말하는 인간, 그리고 어디든 찾아가서 여기 인간이 있다는 것을 보여주는 흑인 음악가. 그들이 보여주는 '존엄한 인간'의 모습에 지금의 옹색한 내 삶을 되돌아보게 됩니다.

나는 어디에 살고 있는가. 나는 어디에서 살고 싶은가. 그리고 나는 어떤 '나'이고 싶은가. '한복'의 말, "나는 여기 살 기다"라는 저 말을 나는 어디에서 외칠 수 있을까요.

"어 가자. 간장 녹을 일이 어디 한두 가지가. 산 보듯
강 보듯, 가자!"

6권 370쪽

'행복을 정복'하는 법

어느 때부터 눈이 침침한가 싶더니만, 책의 글자도 종종 아물거리는 느낌이 들었습니다. 노안(老眼)이 왔다 싶었습니다. 예전에 바늘귀가 보이지 않는다며 실을 꿰어달라던 엄마 모습이 떠올랐습니다. 곰곰 헤아려보니, 그때의 엄마와 엇비슷한 나이가 된 듯했습니다.

노안은 대체로 나이가 들면서 가까운 곳에 있는 물체가 잘 보이지 않는 증상을 일컫는 말입니다. 의학적으로 설명하자면, 안구 수정체가 딱딱해지고 탄력성이 떨어지면서 초점 조절 능력이 제대로 발휘되지 않는 상태를 가리킨다고 합니다. 노안이 오는 가장 큰 원인은 물론 노화 때문입니다.

어디 신체만 그러하겠습니까. 나이가 들어감에 따라 정신적 영역에서도 일종의 유연성이나 순발력이 쇠하는 듯합니다. 완고한 노인의 이미지가 예사로운 것도 그 때문이지요. 이 변화가 그저 자연의 이치일 뿐이라 하지만, 그렇다고 노화 현상 앞에서 아무렇지도 않을 사람은 퍽 드물 겁니다. 나이 들면 다 그래. 이렇게 말은 할지언정 서글퍼지기 마련이니까요. 어느 가수는 늙어가는 게 아니라 익어가는 거라 노래하지만, 그 또한 쓸쓸해할 노년 세대를 위로하고 응원하려는 말일 겁니다.

늙어가든 익어가든 하여간 제게도 노안이 나타났습니다. 가까이서 잘 보이던 것들이 흐릿해졌습니다. 평소 끼던 안경을 벗고 맨눈으로 책을 마주했습니다. 신기하게도 글자들이 또렷이 보였습니다. 컴퓨터 화면을 쳐다봤습니다. 대충 식별은 가능하나 선명하지는 않았습니다. 다시 안경을 치켜 썼습니다. 그랬더니 이번에는 화면이 조금 아롱거렸습니다. 한동안 저는 안경을 썼다가 벗었다가, 책을 가까이했다가 멀리 밀쳤다가 수선을 떨었습니다. 결국 일정거리에 독서대를 두고 책은 맨눈으로 보고, 평소 쓰던 도수보다 한 단계 낮춘 컴퓨터용 안경을 새로 마련하는 걸로 상황을 정리했습니다. 그날 이후 예전과는 다른 일상이 추가되었습니다. 컴퓨터 앞에 앉으면 맨 먼저 안경을 바꿔 쓰고, 때때로 안경을 머리 위에 추어올린 채로 책을 읽었습니다. 강의 전에는 멀리까지 보이는, 다른 안경을 챙겼습니다.

지금껏 바라보던, 세상 모든 것들과 다시금 거리를 조정하기 시작한 것입니다. 약간의 거리가 있는 것. 그리고 내게 가까운 것, 내게 먼 것. 이들과 내가 관계하는 방식이 예전과는 달라져야만 했습니다.

사실, 이전까지는 나 자신이 중심이었습니다. 나를 기준으로 삼아, 가깝고 먼 것을 일렬로 나란히 세워두고 살펴봤으니까요. 그러나 노안이 왔다는 이유로, 세상과 나의 관계가 변했습니다. 내게 가깝고 멀다는 거리 감각이야 여전했지만, 더 이상 내 눈을 기준점으로 삼을 수가 없게 된 것입니다. 내게 가까운 것이 흐릿해 보이고 어중간한 것들이 또렷해 보이는 상황이 마구잡이로 벌어졌으니 말입니다.

그러고 보니 노화란, 나이 들어 세상과 다시 관계 맺으라는 신의 명령이 아닌가 싶습니다. 나이 듦이 자연의 섭리라면, 그것은 이제부터는 자기 자신에게서 벗어나 멀리 바라보라는 그런 도리를 일깨워주는 것이다 싶습니다. 물론 그 이치가 노인에게만 필요한 것은, 당연히 아닙니다. 자기 범주를 넘어서 자기 시야를 세계로 확장시키는 일은 나이와는 상관없이 인간이 살아가는 데 꼭 필요한 것입니다.

『행복의 정복(Conquest of Happiness)』이라는 꽤 도전적인 제목의 책에서 저자 버트런드 러셀은 행복의 비결, 특히 자신이 직접 경험으로 확인한 비결을 알려주기 위해 이 책을 썼으며, 그 비결대로 행동할 때마다 자신은 더욱 행복해졌다고 당당하게 밝히고 있습니다.° 그러나 놀랍게도 러셀의 자서전이나 연보를 보면, 그는 행복과는 거리가 먼 유소년기를 보냈습니다. 그는 다섯 살 즈음부터 인생을 너무나 지루하게 여기는 조숙한 아이였고, 사춘기 무렵인 열네 살 때부터는 그 따분한 인생을 앞으로 수십 년은 더 살아야 한다고 생각하니 견딜 수 없었다 합니다. 그래서 자신의 십 대는 온통 자살할 생각에만 사로잡혀 있었다고 고백합니다.

그런 사람이 예순 살 즈음에 이르러 삶을 즐기고, 앞으로의 삶도 점점 즐거워질 것이라는 희망이 가득하다며 『행복의 정복』이라는 책을 펴냈습니다. 또 여러 분야에서 다양한 활동을 일평생 지속했습니다. 자살만 생각하던 아이가 노년에 이르러 삶을 즐긴다 하고, 인생이 지루해서 견딜 수 없다던 아이가 한 시대를 대표하는 철학자, 수학자, 대학교수, '앰네스티 인터내셔널'을 이끈 인권 운동가, 노벨상 수상자가 된 것입니다. 심지어 98세까지 장수했습니다. 일견 삶과 글이 상반된 듯도 합니다만, 오히려 지독하게 불우했던 소년이 행복의 비결을 알아채고 그렇게 실행하며 진정으로 행복해졌다고 생각하면, 러셀을 무한히 믿고 따를 마음이 샘솟기도 합니다.

그는 우선 "행복이 당신 곁을 떠난 이유" 즉 행복하기 위해 버려야 할 것들을 거론하고, 이후 "행복으로 가는 길"에서 우리가

○ 버트런드 러셀, 『행복의 정복』, 사회평론, 2005.

노력해야 할 것들을 살펴봅니다. 그 가운데 버려야 하는 것, 우리를 불행하게 만드는 것으로 맨 먼저 손꼽는 것이 '자기 집착'입니다. 그의 설명을 대강 옮겨보자면 이러합니다. "자살할 생각을 품고 살던 내가 삶을 즐기게 된 비결은 무엇보다도 나에 대한 집착을 줄였다는 데에 있다. 나의 죄와 어리석음, 결점에 대해 깊이 생각하지 않고, 대수롭지 않게 여기는 법을 배워나갔다. [장점이든 결점이든] 자기도취는 어느 정도까지는 정상적인 것이고 탓할 수 없는 것이다. 하지만 지나친 자기도취는 큰 해악이 된다."◦ "자기중심적 사고에서 벗어나면 자신의 자아는 세상에서 그리 큰 부분을 차지하지 못한다는 것을 알게 된다."◦◦

그래서 러셀은, 자기 집착과 자기도취에 빠져 있는 이들을 "자기 안에 갇힌 사람"이라 부르며, 자기중심적인 사람에게는 "걱정의 심리학"이라는 공통 구조가 있다고 지적합니다.

나의 걱정과 결점 그리고 나의 만족과 자랑거리 따위의 일에 집착하지 말라는 것은 그것들을 무시하라는 뜻이 아닙니다. 러셀의 말대로 어느 정도의 자기도취는 지극히 정상적인 것입니다. 다만 나로부터 이웃에게로, 세상으로 시야를 돌려 세상과 관계 맺고 살아가는 일이 더 중요함을 깨달으라는 것입니다. '산

◦ 버트런드 러셀, 『행복의 정복』, 사회평론, 2005, 17~20쪽.
◦◦ 버트런드 러셀, 『행복의 정복』, 사회평론, 2005, 81쪽.

보듯 강 보듯, 가자'는 『토지』의 저 말은, 바로 이런 맥락에 놓여 있습니다.

아비가 억울하게 죽고 나서, 홀어미와 두 여동생과 함께 입에 풀칠하듯 힘겹게 살아가는 '석이'가 있었습니다. 고향 평사리를 찾아온 길이었습니다. 우연히 마주친, 예전 이웃집 아주머니 '야무네'가 어른이 된 '석이'를 보고 놀라며 반가워했습니다. 두어 마디 말을 건네고 헤어졌습니다. 저 멀리서 석아, 석아… 숨 가쁘게 외치며 '야무네'가 다시 쫓아왔습니다. 그냥 가기 서운했다며, 이른 아침부터 떡장수를 찾아가서 사 온 떡꾸러미를 손에 쥐어줍니다. "부디 아금바리 해서 옛말 하고 살아라이? 우리사 머지는 해니께…"라고 당부하며, 눈물을 닦으며 돌아서 갑니다.

'석이'는 우두커니, 그녀가 손에 쥐여준 떡을 보다가 '야무네'의 뒷모습을 보다가 차마 발을 옮기지 못합니다. 가난한 어미와 두 여동생을 뒤로하고 큰일(독립운동)을 작심하고 나선 길이었습니다. 가난하기로는 매한가지라 읍내 남의집살이를 떠난 둘째 아들을 만나고 오던 '야무네'입니다. 그녀가 전해주는 떡에서 어머니의 서러움과 눈물이 떠오르고 가족 걱정이 절로 번져나갔을 겁니다. 그런 '석이'에게 함께 가던 '관수'는, 나무라듯 달래듯 말합니다. 어 가자. 간장 녹을 일이 어디 한두 가지가. 산 보듯 강 보듯, 가자!

일찌감치 의병으로 나섰던 '관수'입니다. 그는 '석이'에게 이렇게 매조짐을 했던 바 있습니다. "아배 원수를 갚겄다는 그 따우로 시시한 생각이믄 애시 날 따라나설 염도 내지 마라. 한평생이 잠깐인데 무덤 속에 묻혀서 다 썩어부린 세월까지 뒤비시가지고 살아줄라 카는 것은 어리석은 짓이라. 사나아라 카믄 원한도 크기 가지야 하고 인정도 크기 가지야. 그래야만 연장 달고 세상에 나온 보램이 안 있겄나. 이 세상에 억울한 놈 니 하나뿐인 줄 아나? 모래알만큼이나 많은 사람 중에 천대받아감서 억울하게 사는 사램이 훨씬 많은께. 그러니께 죽은 사람보다 산 사람일이 더 바쁘다 그 말 아니가. 곰곰이 생각해봐라. 니는 펭생을 물지게 지고 니 어무니는 죽는 날꺼지 품팔이나 하고, 니 동생들이라고 다를 기이 있을 성싶으나? 좀 펜하게 살잘 것 같으믄 술집 말고 갈 곳이 따로 없인께. 너거들 겉은 사람들이 세상에는 쌔이고 쌔일 만큼 많다. 밥 묵는 사람보다 죽 묵는 사람이 많고 뺏는 사람보다 뺏기는 사람이 훨씬 더 많고 그래 니가 조준구 한 놈 직이서 아배 원수를 갚는다고 머가 해결되겄나? 달라지는 것은 쥐뿔도 없일 기라 그 말이다. 세상이 달라져야 하는 기라, 세상이." 6권 336쪽

세상이 달라져야 한다는 건, 눈앞만 바라보지 않는, 자기 집착을 벗어난, 멀리 보는 자의 조망입니다. 때로 높은 산에 올라가 아래를 내려다보면 세상만사가 사소하게 느껴집니다. 야~호! 힘을 모아, 큰 소리를 내지르면 그동안의 근심 걱정이 씻겨 내려

가는 듯합니다. 산 아래 동네는, 서울 시내 전경조차 작고 옹기종기 펼쳐져 귀엽기까지 한 풍경입니다. 사람 모습은 아예 그 크기조차 가늠되지 않고, 자동차들도 그저 점점이 움직일 뿐입니다. 먼 거리에서, 그렇게 뚝 떨어진 곳에서 내가 살던 세계를 바라보고 나니, 그 속에서 시끌벅적대던 일들이 모두 하잘것없이 느껴집니다.

이 호기로움은 물론 잠깐뿐이겠지만, 나로부터 일상으로부터 거리를 둔 그 느낌은 소중한 것입니다. 자기 집착을 벗어나 새롭게 형성되는 거리를 한순간이나마 느껴보았기 때문입니다. 그로부터 새로운 기회를 확보할 수 있기 때문입니다. 그 기회를 행동으로 옮기고 실천하는 자들이야말로 진정 자기 삶을 행복으로 바꾸고, 자신이 살아가는 세계를 더 나은 곳으로 바꾸는 사람들일 겁니다.

그렇게 자기 집착을 벗어난 자, 자기중심을 벗어난 자, 그리하여 새로운 거리 감각을 확보한 사람이 우리에게 말합니다. 무심하게 그러나 담대하게 말합니다.

"어 가자. 간장 녹을 일이 어디 한두 가지가. 산 보듯 강 보듯, 가자!"

"내사 머어를 믿는 사람은 아니다마는 사는 재미는 사람의 맘속에 있다 그 말이지. 두 활개 치고 훨훨 댕기는 기이 나는 젤 좋더마."

1권 126쪽

사는 재미—
그런 계란, 없습니다

사는 재미가 사람의 마음속에, 내 마음속에 있다. 글쎄요. 모든 것이 마음먹기에 달렸다는, 흔히 듣는 그런 말 같기도 하고, 마음을 다스리라는 심리 처방전 같아 보이기도 합니다. 그런데 '사는 재미'를 이야기하는 사람, 『토지』속 인물인 '윤보'의 삶을 되작되작 짚어보면 뭔가 다른 뜻이 있어 보입니다.

'윤보'는 『토지』에 등장하는 600여 명 가운데 대단히 예외적인 인물입니다. 타고난 품성도, 사는 방식도 거리낌이 없습니다. 그건 아마도 그가 목수인 덕분도 있을 겁니다. 『토지』의 주된 배경인 평사리에서 최참판댁과 몇몇 양반을 제외하고는 대부분 농부 그것도 소작농인데, '윤보'는 땅이나 양반 지주로부터 비교적 자유로운 처지이니까요. 하지만 목수 일도 열심이지 않습니다. 읍내나 이웃 마을은 물론 타도(他道)에까지 알려지며 기량을 인정받는 대목수이지만 마음이 내켜야 일할 뿐입니다. 그러니 가난한 형편을 면할 길이 없습니다. 게다가 혈혈단신으로 피붙이 하나 없지만, 당사자는 아무렇지 않아 합니다.

평상시에도 제멋대로인 이런 사람이, 사회·역사적 맥락에도 제멋대로 끼어듭니다. 동학교도도 아니고 농민도 아닌데 동학당에 열심이고, 대한제국 군대해산으로 촉발된 항일 투쟁에 천민 목수가 뛰어들고, 의병 활동에도 가담하고, 소작농도 아닌 그가 최참판댁 재산을 가로채는 조준구에게 맞섭니다. 떠돌이 협객 같기도 하고, 자유로운 방랑자 같기도 하고, 아니 그 어느 쪽도 아닌 듯 그의 정체는 종잡을 수가 없습니다. 이리 별스러운 사람이 '사는 재미'를 내세우고 있는 겁니다. 그는 사람 사는 게 천년만년 아니라고, 사는 재미는 제각각 자기 마음속에 있다고 설파합니다.

"사람 사는 기이 풀잎의 이슬이고 천년만년 살 것같이 기틀을 다지고 집을 짓지마는 많아야 칠십 평생 아니가. 믿을 기이 어디 있노. 늙어서 뱅들어 죽는 거사 용상에 앉은 임금이나 막살이하는 내나 매일반이라. 내사 머어를 믿는 사람은 아니다마는 사는 재미는 사람의 맘속에 있다 그 말이지. 두 활개 치고 훨훨 댕기는 기이 나는 젤 좋더마." 1권 126쪽

요즘 세상에서 '글 쓰는 판사'로 불리는 문유석도, 『쾌락독서』에서 '쾌락/재미'를 아주 중요하게 내세웁니다.° 그는, 독서란

재미와 기쁨을 찾는 일이 되어야 한다고 합니다. 더 나아가 인간은 끊임없이 새로운 즐거움을 찾고자 쾌락을 좇아 모험을 했고, 그로 인해 풍요로운 문화가 이루어졌다고 말합니다. 상상력과 재미, 그것이 인간 세계를 만든 근원이라는 거지요. 『토지』의 천민 목수와 대한민국 판사가 사는 모습은 그야말로 천양지차이겠지만 이 둘이 묘하게도 '재미'라는 말로 공명합니다.

또 『쾌락독서』의 저자도 책 속만이 아니라 삶의 매순간마다 '사는 재미'가 중요함을 '재미있게' 보여줍니다. 그가 두 딸을 데리고 유럽 여행을 떠났을 때입니다. 아빠는 많은 것을 하고 싶었습니다. 박물관과 미술관으로 가득한 유럽 문화, 문명의 자산을 아이들에게 보여주고 싶었습니다. 하지만 그의 익살스러운 표현처럼 그 유명한 곳들에는 "인류의 보물이 가득했지만, 인류도 가득"했습니다. 바티칸 미술관을 다녀온 날 밤, 아빠는 지쳐 쓰러진 아이들의 머리맡에 앉아 자신을 되돌아봅니다. 어린 아이들을 이끌고 '유럽에 원수진 것도 아닌데 생전 다시는 안 오는 걸 목표'로 삼은 양 비장하게 관광 명소를 훑고 다녔습니다. '미션 클리어(mission complete)'를 수행하는 비밀 요원처럼 말입니다. 그런데 큰딸이 묻습니다. "아빠, 무너진 돌무더기를 왜 자꾸 봐야 해?" 돌아보니 두 아이가 모두 볼이 빨갛게 익고 머리는 산

○ 문유석, 『쾌락독서』, 문학동네, 2018.

발이 되어 있더랍니다. 이후 아빠는 일정을 모두 바꿉니다. 미리 예약했던 숙소를 취소하고, 계획했던 여행 경로도 지워버렸습니다. 다음 날부터 아이들이 원하는 곳에서, 머무르고 싶은 대로 머무르고, 놀고 싶은 대로 노는 여행을 시작했습니다. 아이들은 길거리에서 그곳 아이들 틈에 끼어들어 종일토록 모래 쌓기를 하고, 동네 놀이터 미끄럼틀을 타느라 한나절을 보내기도 했답니다. 결국 그들의 유럽 여행은 "내가 사랑한 유럽 시골 놀이터 톱 10" "유럽 미끄럼틀 어디까지 타봤니"를 작성해도 될 지경이 되어버렸답니다.°

  '사는 재미'를 되작거려보던 제가 와락 웃음을 터뜨렸습니다. 저 또한 그렇게 여행이 달라졌던 경험이 있었기 때문입니다. 저도 유럽이었습니다. 엄마와 함께한 크로아티아 여행. 붉은 지붕을 이고 있는 하얀 집들이 해변에 늘어선, 아름다운 나라로의 여행이었습니다. 그 발단은 TV 프로그램이었습니다.

  어느 해 여배우들의 크로아티아 여행기가 TV로 방영되었고, 그것을 본 엄마는 크로아티아 여행을 노래 부르다시피 했더랬습니다. 그런데 그즈음 엄마는 무릎 인공관절 수술을 앞두고 있었습니다. 심각한 질병도 아니라지만, 수술 경험담도 숱하게 들었지만, 쇠붙이를 장착하고 나서 제대로 걸을 수 있을까 엄마도

○ 문유석, 『쾌락독서』, 문학동네, 2018, 234~235쪽.

저도 두려웠습니다. 수술 전날, 환자복을 입은 엄마에게 저는 갑자기 '크로아티아'를 들먹였습니다. 엄마, 수술 별 거 아니래. 재활만 잘하면 된대. 걷는 연습 열심히 해서, 우리 크로아티아 갑시다.

여배우들이 바람에 스카프를 날리던 유럽의 해변가. 어느 여배우가 샀다는 '크림'(화장품)을 열망하며, 그로부터 2년 후 진짜로 여행을 떠났습니다. 그 TV 프로그램은 배낭여행을 다루었지만, 엄마의 불안과 저의 게으름이 더해져서 우리는 여행사 패키지 프로그램을 선택했습니다.

수술을 한 지도 2년이 지났고 꾸준한 운동으로 엄마의 보행 능력은 상당한 수준이 되었지만, 패키지여행의 꽉 찬 일정을 따라다니는 건 무리였습니다. 하루 이틀이 지나자, 단체로부터 엄마와 제가 뒤처지는 일이 잦아졌습니다. 여행 셋째 날부터는 아예 열외에 있기를 자청했고, 우리는 관광지 부근의 카페나 나무 그늘에서 일행이 돌아오기를 기다리곤 했습니다. 처음에는 그럭저럭 괜찮았습니다. 이국의 카페에서 커피나 맥주를 호기롭게 주문하는 것만으로도 즐거웠고, 나무 그늘에서 주위 풍광과 사람들을 구경하는 기분도 색달랐기 때문입니다. 그런데 이국적 정취가 점점 익숙해지고 색다른 경험이 잦아들면서 저는 더이상 괜찮지 않았습니다. 슬슬 지겹고 짜증이 났습니다.

플리트비체 공원에서도 그랬습니다. 그곳은 크로아티아의 국

립공원 중 가장 아름다운 곳이라 했습니다. 수많은 폭포와 연결된 호수가 열여섯 개나 있으며, 자연의 비경을 그대로 간직하고 있다 했습니다. 하지만 플리트비체 관광 일정은 자연답사를 방불케 했기 때문에, 엄마와 저는 아예 공원 입장 대상이 될 수 없었습니다. 여행 인솔자는 그런 우리의 처지를 잘 알고 있었지만 엄마와 제게도 입장권을 나누어 주었습니다. 선택 관광이 아니기 때문에 어쩔 수 없이 전체 인원의 표를 샀다는 거였습니다. 입장권이라도 기념품으로 간직하라고 했습니다.

청록빛 맑은 호수와 하늘로 뻗쳐오른 빽빽한 나무 사진이 찍힌 입장권을 손에 든 채로 엄마와 저는 카페로 갔습니다. 열두 시간이 넘게 비행기를 타고 와서, 영화 〈아바타〉에 영감을 주었다는 원시 숲의 절경 앞에서 맥주와 차가운 샌드위치를 우적거리고 있는 꼴이라니. 예로부터 그곳은 사람의 접근이 어려워 '악마의 정원'이라 불렀다는데, 그때의 저는 악마의 심술이라도 부리고 싶은 심정이었습니다. 그런데 엄마는 연신 환하게 웃고만 있었습니다.

그 이후에도 우리의 풍경은 비슷했습니다. 푸른 바다에 떠 있는 듯한 성곽도시에 가서는 성벽 아래 광장에 머물러 있었습니다. 두세 시간이 걸린다는 성벽투어를 나간 일행이 돌아올 때까지 기다려야 했으니까요. 또 수도원 앞 카페에서, 항구 근처 의자에서, 중세 요새의 나무 그늘에서, 시내 공터에서 멍하게 시간을 보냈습니다. 『쾌락독서』의 저자처럼 저 또한 〈크로아티아에서 멍 때리기 좋은 곳 톱 10〉 정도는 너끈히 써낼 것 같습니다. 그런데도 엄마는 계속해서 그저 환하게 웃고만 있었습니다.

크로아티아 여행은 엄마의 오랜 꿈이었습니다. 하지만 훗날 알게 된 것은 그 밑바닥에 놓인 엄마의 마음이었습니다. 엄마가 원했던 것은 크로아티아도 아니고, 여행도 아니고, 특산품 쇼핑도 아니었습니다. 엄마의 진짜 소망은 딸과 함께 지내는 시간이었습니다.

저는 대학에 입학하면서 고향을 떠나왔습니다. 1학년 첫 방학 때나 한동안 고향에 머물렀을까, 그 이후에는 1년에 두세 번쯤 부모님과 함께 지냈습니다. 방학이나 명절이 되어도 고향에 있는 기간은 길어야 사나흘을 넘기지 못했습니다. 대학을 졸업하고 나서도 마찬가지였습니다. 공부하는 것, 사람 만나는 것, 돈 버는 것 등등 모든 일이 서울에서 이루어졌고, 제게 고향은 태어나고 자란 곳 그 이상도 이하도 아니었습니다. 어쩌면 저는 부모님도 그렇게 생각했나 봅니다. 그래서 늘 바쁘다며 제 일만 챙기고 제 자신에게만 몰두했습니다.

하지만 그런 딸이 여행을 떠나면, 순순히 엄마 손을 잡고 하루 종일 엄마 옆에 있습니다. 그것이 엄마에게는 여행의 재미였습니다. 자식과 하루 종일 같이 있고, 같이 보고, 같이 먹고, 같이 자는 것. 바로 그것이 엄마의 크로아티아 여행이었습니다. 여행을 가면 어디에 가야 하고, 무엇을 봐야 하고, 무엇을 먹어야 하고, 무엇을 사야 하는 것. 그건 엄마의 '재미'가 아니었습니다. 여행 인솔자가 이끄는 코스와 안내 책자에 나와 있는 관광 명소도 엄마의 '재미'가 아니었습니다. 엄마는 자식을 둔 어미로 '사는 재미'가 제일이었습니다. 그래서 그 재미나는 모든 순간 덕분에 엄마는 연신 환하게 웃을 수 있었던 거였습니다.

누구나 알고 있고, 알아야 하는 상식이나 사회적 잣대는 우리의 공통감각을 형성해주는 힘이기도 하지만, 때로 그것은 우리를 고정시키는 거푸집이 될 수도 있습니다. 반드시 이렇다는 기준은 우리 삶을 이끄는 지침이기도 하지만, 때로 그것은 우리를 옭아매는 끈이 될 수도 있습니다. 그래서 '사는 재미'는 제 스스로 만들어내야 하는 것이고, 그래서 '사는 재미'는 사람의 마음속에 있는 거였습니다. 그래서 그 재미로 두 활개를 치며 훨훨 댕긴다는 거였습니다.

천민 목수 '윤보'는, 글 쓰는 판사 문유석은, 그리고 제 엄마는 세상의 거푸집을 깨트리고 끈을 풀어낸 사람들이었습니다. 평범한 살림을 꾸리는 대신 대낮에 낚싯대를 드리우고, 세상 사는 재미를 노래하던 '윤보'입니다. 그는 엄청난 역사적 사건에도 옳다 싶으면 거침없이 뛰어들었고 그러니 '사는 재미'가 있다는 천민 목수였습니다. 소위 '사회 고위층'에서 권력 행사를 하는 대신 세상을 향해 글을 쓰며 자기만의 '사는 재미'를 찾아가는 판사도 있었습니다. 그리고 그들보다 더 소소한, 그러나 세상없이 소중한 '엄마'로 사는, 제 엄마의 '사는 재미'도 있었습니다.

크로아티아 여행을 한 지 꼬박 3년이 지났습니다. 엄마는 그 때의 재미를 깊이 간직한 채로, 다시 두어 번의 다른 수술을 견디어냈습니다. 또한 지금껏 크로아티아 어느 카페에서 먹었던 삶은 계란을 생생하게 떠올리시곤 합니다. 그 동네는 계란 하나 삶는데 오지게도 시간이 걸리드만, 그래도 그 계란이 참말로 맛있드라, 그런 계란은 없지 싶다. 그렇지요, 그런 계란은 없지요. 꼬박 열두 시간 비행기를 타고 날아가, 유럽 어느 구석에서 멍때리고 있다가 먹은 계란인데요. 그런 계란, 없습니다.

엄마, 또 갑시다. 5년 후에도 10년 후에도 갑시다. 엄마 맘속에 있는 '사는 재미'를 끄집어내어 두 활개 치고 훨훨 댕깁시다. 환하게 웃으면서 말입니다.

"현실이 미래를 잡아먹어서는 안 될 일이야."

17권 334쪽

어떤 미래의
현재

사전에 따르면 '현실'이란, '현재 실제로 존재하는 사실이나 상태'를 뜻합니다. 그런데 그 현실이 미래를 잡아먹을까 봐, 미래를 사라지게 만들까 봐 경계한다 합니다. 이 말을 한 사람은 '범석'◦이고, 들은 사람은 '홍'이입니다. 둘 다 평사리에서 태어났습니다만, '범석'이가 평사리 붙박이라면 '홍'이는 평사리와 간도를 오가며 두 아이의 아버지가 되기에 이르렀습니다. 또 자연과 생명에 대해 굳건한 믿음을 가지고 있는 '범석'이와는 달리 '홍'이는 이러저러하게 흔들릴 때가 잦습니다. 그런 '홍'이가

◦ 『토지』에서 평사리 김훈장의 양아들인 김한경의 아들. 보통학교를 우수한 성적으로 졸업했으나 형편이 가난해 상급 학교로 진학하지 못하고 혼자 공부하면서 상당한 학식을 쌓은 인물이다. 성품이 진중하고 의로우며, 자연의 질서와 우주의 생명론에 바탕을 둔 농본주의를 지향한다.

간도로 가기 전 작별 인사차 '범석'을 찾아왔습니다. '홍'이는 나라를 위해 일해야겠다고 작정했습니다만, 모든 것이 막막했습니다.

"저 역시 눈먼 망아지 은령 소리 듣고 따라가는 격이지만, 그동안 많은 갈등을 겪었습니다. 기둥이 모조리 뿌러져서 내려앉은 것 같은 기분이었습니다. 모두가 당연히 그랬겠지만, 또 당연한 일이었겠지만 자신들 일에만 너무 집착해 있는 것 같아서 일종의 배신감이라고나 할까요? 그런 걸 느끼기도 했고, 나도 잔말 말고 그렇게 살자는 유혹도 강했습니다. 그러나 저를 못 견디게 한 것은 만주서 뛰는 사람들의 내일이 없는 고난이었습니다."

17권 332쪽

실제로 일제강점 기간은 장장 35년이었습니다. 아비를 따라 간도로 갔던 소년 '홍'이는 두 아이의 아버지가 되었고, 가문의 양자로 들어왔던 아비에게서 태어난 '범석'이가 장년이 되었습니다. 그 세월 동안 조선은 줄곧 식민지였던 겁니다. 그러하니 '내일'을 입 밖에 꺼내놓기조차 두렵습니다. 그런데 '범석'은 몇몇을 제외하고는 조선인이라면 누구나가 집착할 아무것도 없이, 마치 감옥에서 살아가는 듯한 그런 심정이라 합니다. 그러고는 가라앉은 목소리를 꾹꾹 눌러가며 "현실이 미래를 잡아먹어서는 안 될 일이야. 만일 우리가 이상을 버리게 된다면, 도덕과 종교를 포함한 이상, 그것을 저버리게 된다면 인류의 장래는 어찌 될까? 종말이지"라고 말합니다.

'범석'도 대단한 확신을 가지고 한 말은 아닙니다. 자신을 시골에 있는 몽상가라고 여기는 건 아닐지, 자신의 저런 말을 떡방아 소리 듣고 김칫국 찾는 소리처럼 생각하지나 않을지 스스로도 걱정스러워합니다. 또 그 말을 들은 사람도 선뜻 마음이 달라지는 않았습니다. 여전히 너무 아득하기만 하다며 한숨 쉴 따름입니다.

'내일이 없는 고난'을 바라보는 이들의 막막함은 비단 역사와 문학 속 이야기만은 아닙니다. 예사로운 하루하루를 사는 우리들이 시시때때로 마주치는 답답함도 '내일'과 관련될 때가 많습니다. 과거와 현재와 미래. 시간에 대한 그 인식은 어쩌면 인간이기 때문에 생겨나는 존재론적 고민일지도 모르겠습니다.

외계인이 등장하는 영화 〈컨택트[2017. 원제는 Arrival(2016)]〉의 원작 소설 「네 인생의 이야기(Story of Your Life)」°에서 가장 독특하고 흥미로운 내용도 바로 시간에 관한 부분입니다. 여기서는 '홍'이나 '범석'과는 반대로 '미래' 때문에 고민인 사람이 주인공입니다. 언어학자인 주인공이 '미래'를 고민하는 것은 외계인을 만났기 때문입니다. 인간과 달리 과거와 미래를 한꺼번에 바라보는 외계인은 미래를 모두 알고 있는 상황에서 생각하고 말

○ 테드 창, 『당신 인생의 이야기』, 엘리, 2017.

합니다. 그래서 그들의 언어는 정보를 전달하기 위해서가 아니라 이미 정해진 사건을 현실화하기 위한 것으로, 즉 그들은 일종의 행위로서 언어를 사용합니다.

원작 소설에서 이런 서술은 수학·물리학·언어학 이론을 바탕으로 하고 있어 다소 난해합니다만 영화에서 외계인이 글을 쓰는 장면을 보면 뭔가 와닿습니다. 마치 화선지에 먹물이 뿌려지듯 길고 둥그런 원이 순식간에 퍼져나가는 그림이 그들의 문장 쓰기입니다. 원환의 처음과 끝은 구별되지 않습니다. 또 부분부분 결절점이 나뭇가지가 돋아나듯 번져가기도 하고, 다른 각도로 순식간에 회전하는 모습을 보여주기도 합니다. 이런 외계인의 언어를 인간이 이해하고 습득하자, 과거-현재-미래를 생각하는 인간의 사고방식이 변하기 시작합니다. 소설과 영화의 주인공인 언어학자 '루이즈 뱅크스'는 미래에 일어날 사건(자신의 결혼, 딸의 죽음)을 알고 있는 상태에서 현재를 살아가게 되는 것이지요.

이즈음에서 소설과 영화는 우리에게 '미래를 알고 산다는 것'의 의미를 묻습니다. 미래를 안다면 내가 지금 어떻게 살까 하는 것입니다. 만약 '홍'이와 '범석'이 이 질문을 마주한다면 아주 놀라울 것 같습니다. 그들은 미래가 보이지 않아 답답하고, 현실이 너무나 팍팍해서 미래를 전망할 수 없다 했습니다. 그런 이들이 미래를 알게 된다면 어떤 일이 일어날까요.

다시 「네 인생의 이야기」로 돌아와서 외계인의 인식 틀을 생각해본다면, 과거와 현재와 미래는 둥근 원환과 같은 하나가 됩니다. 따라서 과거에도 이미 미래는 존재하기 때문에 과거를 바꿀 수도 미래가 달라질 수도 없다는 데에 이르게 됩니다. 소설의 마지막에서 주인공은 이렇게 말합니다. "나는 처음부터 나의 목적지가 어디인지를 알고 있었고, 그것에 상응하는 경로를 골랐어"°라고 말입니다. 마치 "광선은 어느 방향으로 움직일지 선택하기 전, 자신의 최종 목적지를 알고 있어야 한다"°°라는 '최소 작용의 원리'°°°처럼 말입니다. 그런데 여기에서 목적지를 미리 알고 경로를 선택하는 것인지, 가장 좋은 경로를 선택하다 보니 목적지에 도달하는 것인지는 순전히 논리적 차이일 뿐입니다.

"빛이 한 각도로 수면에 도달하고 다른 각도로 수중을 나아가는 현상을 생각해보자. 굴절률의 차이 때문에 빛이 방향을 바꿨다고 설명한다면, 이것은 인류의 관점에서 세계를 보고 있다는

○ 테드 창, 「네 인생의 이야기」, 『당신 인생의 이야기』, 엘리, 2017, 230쪽.
○○ 테드 창, 「네 인생의 이야기」, 『당신 인생의 이야기』, 엘리, 2017, 201쪽.
○○○ 페르마의 원리(Fermat's principle, 페르마의 최단 시간의 원리): 프랑스의 수학자 페르마는 빛이 공간의 두 지점 사이를 진행할 때 그 주변의 무수히 많은 여러 경로 중 최소 시간이 걸리는 경로를 따른다는 것을 설명했다. 물컵에 잠긴 젓가락이 휘어져 보이는 현상처럼 빛의 굴절이 바로 최단시간의 이동 경로를 찾은 빛의 운동 현상이다. 「네 인생의 이야기」에서는 이런 빛의 굴절을 인과적 측면에서 봐야 하는지, 목적론적 측면에서 봐야 하는지에 대해 논쟁한다.

이야기가 된다. 빛이 목적지에 도달하는 시간을 최소화했다고 설명한다면 당신은 헵타포드[외계인]의 관점에서 세계를 보고 있는 것이다. 완전히 다른 두 가지의 해석이다. / 물질 우주는 완벽하게 양의적인 문법을 가진 하나의 언어이다. 모든 물리적 사건은 완전히 상이한 두 방식으로 분석될 수 있는 하나의 언술에 해당된다. 한 가지 방식은 인과적이고, 다른 방식은 목적론적이다. 두 가지 모두 타당하고, 한쪽에서 아무리 많은 문맥을 동원하더라도 다른 한쪽이 부적격 판정을 받는 일은 없다."◦

    수학이나 물리학에서 통용되는 이런 인식은 철학자 니체에게도 마찬가지였습니다. "우리는 삶과 행위를 위해서 역사를 필요로 하지, 삶이나 행위를 편안하게 기피하기 위해서 또는 이기적인 삶이나 비겁하고 나쁜 행위를 미화하기 위해서가 아니다. 역사가 삶에 봉사하는 만큼 우리도 역사에 봉사할 것이다." '삶에 대한 역사의 공과'라는 부제가 붙어 있는 니체의 에세이 「반시대적 고찰 Ⅱ」의 첫 페이지에 있는 문장입니다. 그는 역사를 읽는 세 가지 방식을 이야기합니다. 과거의 위대함을 기념하거나(기념비적 방식), 보존하고 존경하는 방식의 역사 인식(골동품적 방식)이 아니라, 현재를 비판적으로 재평가하기 위해 과거의 조건들을 평가함으로써(비판적 방식) 삶에 봉사하는 역사를 강조합니

◦ 테드 창, 「네 인생의 이야기」, 『당신 인생의 이야기』, 엘리, 2017, 212~213쪽.

다. 이러한 인식을 받아들인다면, 궁극적으로 "'미래'는 과거나 현재 다음에 오는 시간이 아니라 어느 시대든 '때 아닌 것'으로 존재하는 시간"이며, "그것은 아직 오지 않은 시간이 아니라 이미 와 있고 지금도 우리 곁에 있지만 감각되지 않거나 이해되지 않는 시간"○일 뿐입니다.

결국 '현실', 현재 실제로 존재하는 사실이나 상태 속에는 우리의 과거와 미래가 함께 있는 것입니다. 현재를 살아가는 방식으로서 과거가 있고, 사건을 현실화하는 데에서 미래가 있는 겁니다. 그것은 자연이 보여주는 순환의 상상력이자 진리의 상상력이기도 합니다. 이것이야말로 우리의 '현실'입니다. 그래서 "내일이 없는 고난" 때문에 막막하다는 사람에게 『토지』는 "현실이 미래를 잡아먹어서는 안 될 일"이라 했습니다.

별이 가득한 하늘을 바라보던, 영화 〈컨택트〉 속 주인공의 모습이 떠오릅니다. 그리고 현실이 미래를 잡아먹어서는 안 된다는 말을 듣고 있을 '홍'이를 그와 겹쳐봅니다. 그리고 나는 어떻게 현실을 살아가고 있는지, 나 자신도 거기에 놓아봅니다.

나의 오늘은, 우리들의 오늘은 과연 어떤 미래의 현재로 와 있는 것일까요.

○ 고병권, 『니체-천 개의 눈, 천 개의 길』, 소명출판, 2001, 5쪽.

"늙고 못생겼으며 난쟁이같이 볼품없는 체구 그 어디에선가 풍겨나는 당당함, 인생에는 눈에 보이는 것과 눈에 보이지 않는 것이 있다는 것을 깨달은 것이다."

18권 368쪽

눈에 보이지 않아도, 당당함

『토지』에 등장하는 '막딸이'는 늙고 못생긴 아낙네입니다. 어릴 때부터 머리가 크고 목이 바싹 다가붙어 있어 '난쟁이'라 놀림 받아왔습니다. 어찌어찌 이웃으로 시집가서 아들도 둘이나 낳았지만, 남편의 구박과 천대는 차츰 심해졌습니다. 남편은 못나고 추레한 아내 모습이 보기 싫답니다. 그러나 순하디순한 그녀는 시부모 받들고 아이들 키우며 집 안팎일에 파묻혀 사는 것밖에 모릅니다. 남편은 결국 대처로 나가 서울 여자와 살림을 차리고, 본처를 호적에서 파내는 이혼을 감행합니다. 나중에는 기생첩까지 거느리고 살아간다 합니다. 그래도 '막딸이'는 그저 "일을 낙으로 살아가는" 하루하루를 보낼 뿐입니다. 가족은 물론 마을 사람들 모두 그런 그녀를 애처롭다 하면서도 답답해합니다. 그러던 어느 날 남편이 첩으로 들였다는 기생이 찾아왔습니다. 인사를 드리겠답니다.

"피어나는 꽃봉오리 같은 기생첩"은 분결같이 희고 곱기만 합니다. 노류장화 신세라 하나, 자기 힘으로 아쉬울 것 없이 살고 있습니다. 부모 형제를 돌보는 가장 노릇까지 하고 있습니다. 또 기생첩이라 하나 호구지책으로 여길 뿐 욕심내는 것도 없습니다. 남녀 간의 사랑도 본처 자리도 관심 없답니다. 기생 팔자를 어쩌겠냐며 스스로 위로한다 합니다. '막딸이'는 이혼당한 본처입니다. 돌아갈 친정도 없습니다. 다 커버린 자식은 냉랭하기만 합니다. 어진 시부모를 의지하고 일에 파묻혀 하루하루를 사는 게 전부입니다. 그녀는 남편이 거느린다는 기생첩을 보고도 "본댁 티를 내기는커녕 오히려 낯가림을 하는 아이처럼" 어쩔 줄 몰라 합니다.

누가 봐도 아름답고 화려한 여자, 누가 봐도 추물 같은 여자의 대조적인 모습입니다. 그런데 박경리 선생은 이런 '막딸이'에게 눈에 보이지 않는 당당함이 있다 합니다. 한평생 자라목처럼 오그라들어 살아온 여자에게 보내는 연민이나 위로만은 아닌 듯합니다. 꽃 같은 기생 '월화'가 '난쟁이' 같은 본처를 보고, "인생에는 눈에 보이는 것과 보이지 않는 것"이 있음을 깨달았다고 했으니 말입니다. 심지어 '월화'는 그 깨달음을 곱씹으며 서러운 눈물을 흩뿌리기까지 했다 합니다. 볕에 그을려 거무튀튀하고 반백 머리가 푸시시한 중늙은이의 당당함은 도대체 어디에서

온 것이며, 그것은 무엇인 걸까요.

일주일 동안 공항에서만 머물렀던, 특이한 '여행' 경험을 전해 주는 작가가 있습니다.° 알랭 드 보통은 2009년 여름, 공항을 소 유한 회사로부터 독특한 제안을 받습니다. 런던 히드로 공항 이 야기를 써달라는 것이었습니다. 공항터미널과 연결된 호텔과 공항 내 식당 등 모든 시설을 이용하되, 공항의 큰 테두리를 벗 어나지 말고 상주하라는 조건이었습니다. 그가 지낼 곳이 높이 40미터, 길이 400미터로 축구장 네 개가 들어갈 만한 크기였다 하니, '히드로 공항 상주 작가'란 결코 비현실적인 계획이 아니 었습니다. 이 흥미로운 제안을 받아들인 작가는 공항터미널에 있는 호텔 숙소를 배정받습니다. 건물 맨 꼭대기에 있는 방에서 비행 활주로 끝을 표시하는 빨간색과 흰색 불빛이 깜박거리는 풍경을 내다보며 공항의 첫날을 맞이했습니다.

다음 날 작가는 공항을 본격적으로 탐방하고 다니기 시작합 니다. 히드로 공항은 유럽 제1의, 세계에서는 세 번째로 번잡한 공항이며, '히드로 공항 상주 작가'가 있는 제5터미널은 최초 구 상 단계까지 포함해 20년에 걸쳐 완성되었다고 합니다. 그곳은 거대한 건축물이자 첨단 시설의 집합체였습니다. 그런데 작가 는 그 어마어마함 뒤에 다른 모습이 있음을 알아차리기 시작합

○ 알랭 드 보통, 『공항에서 일주일을』, 청미래, 2009.

니다.

그것은 거대한 공항 지붕의 무게를 받치는 기둥이었습니다. 작가는 그 강철 기둥을 바라보며, 그러나 눈에 보이지 않는 다른 모습을 이렇게 전해줍니다. 그 기둥은 "모름지기 짐이란 이렇게 지고 살아가야 한다는 것을 우리에게 비유적으로 보여주고 있다"라는 거였습니다.° 공항터미널의 기둥들은 자신들이 받는 압력은 거의 느끼지 않는 듯, 끝으로 갈수록 가늘어지는 자신들의 목 위에 400미터 길이, 1만 8,000톤의 거대한 지붕을 마치 아마포 차일을 사뿐하게 얹어놓은 듯한 모양새로 서 있었습니다. 알랭 드 보통은 이것이야말로 "우리가 우아함이라고 부르는, 아름다움의 하위 범주에 속하는 자질"이며, 그 앞에서 경외감마저 느꼈다고 말합니다. 또 그로부터 자신이 떠받치고 있는 무게감을 드러내지 않는, 그리하여 자신이 극복하고 있는 어려움을 내세우고 싶어하지 않는 강철기둥의 '겸손함'도 보았다고 합니다.

문득 "늙고 못생겼으며 난쟁이같이 볼품없는 체구"의 그 아낙네가 바로 그 같은 기둥이다 싶었습니다. '막딸이'는 자신이 짊어졌던 그 고단한 삶의 무게를 원망하지 않았고, 아니 그녀 스스로 의식하려 들지도 않았습니다. 무언가를 의도하고 사는 게 아니었기 때문입니다. 참고 지내노라면 남편이 돌아오리라 믿었

○ 알랭 드 보통, 『공항에서 일주일을』, 청미래, 2009, 47쪽.

던 것이 아닙니다. 자신의 마음을 시부모님이, 동네 사람들이, 자식이 알아주리라 생각했던 것도 아니었습니다. 그 어떤 결과가 오리라, 보답이 있을 거라 기대하지 않았습니다.

배움이 없어서, 가난해서, 변변한 친정 식구가 없어서, '난쟁이' 같은 추물이어서 그렇게 사는 건 아닙니다. 볼품없이 늙은 아낙네, '막딸이'는 자신의 삶을 기꺼이 짊어지고 하루하루 살아갔습니다. 거대한 지붕을 사뿐히 얹고 있는 강철기둥처럼, 천 근 같은 삶의 무게를 얹은 채 살아갔습니다. 대단한 쾌거도, 놀라운 사건도 없이, 과시하는 바도 없이 '모름지기 짐이란 이렇게 지고 살아가야 한다'라는 것을 보여주는 삶이었습니다. 그러하니 그녀에게는 눈부시게 화려한 겉모습과는 상관없는, 삶의 당당함이 아로새겨져 있었던 겁니다.

문득 제 자신을 돌아보게 됩니다. 눈에 보이는 모습과 보이지 않는 모습은 어떠할지 궁금해집니다. 저는 무엇을 얹고 살아가는지, 어떻게 얹어놓았는지 조심스럽게 들춰보고 싶습니다. 이제야 겨우 "인생에는 눈에 보이는 것과 눈에 보이지 않는 것이 있다"라는 말이 제게 와닿나 봅니다.

"눈물을 흘리지도 않았는데 마음속으로 늘 울고 계신 것 같았습니다."

20권 154쪽

세상의
모든 슬픔

삯바느질을 하는 홀어미 밑에서 보통학교를 겨우 나온 '홍석기'는 1940년대 강제징용에 끌려가, 일본 홋카이도 탄광에서 험한 노역에 시달렸습니다. 그는 소설『토지』속 인물입니다만, 실제 현실도 그러했습니다. 일본은 조선을 식민지로 만든 이래, 조선인들을 헐값에 '모집'해서 일본의 토목공사장이나 광산 등에서 집단 노동을 하게 했고, 중일전쟁 이후부터는 '국가총동원법'을 공포하고 국민징용령을 실시, 강제 동원에 나섰습니다. 남아 있는 기록만 보더라도, 1939년부터 1945년까지 징용에 끌려간 조선인은 146만 명이 넘습니다. 심지어는 중학생이나 국민학생(초등학생)까지 강제 동원이 되었습니다. 그렇게 끌려가, 각종 공사가 끝나면 기밀유지를 이유로 죽임을 당하기까지 했습니다. 평양 미림비행장 노동자 800여 명, 쿠릴열도 노동자 5000여 명의 집단학살사건이 그러했으며, 태평양의 섬에서는 일본군이 후퇴하면서 조선인들을 동굴 속에 가둬놓고 무참히 학살하기도 했다고 합니다.

장가간 지 한 달도 안 된 새신랑 '홍석기'가 끌려간 곳도 그런 생지옥이었습니다. 매일매일 사람들이 죽어 나갔고, 숨이 붙어 있어도 일터로 나가지 못하는 병자는 숲속에 내다 버려져 짐승 밥이 되기 일쑤였습니다. 살아 있는 사람들은 쉴 새 없이 가해지는 매질과 굶주림에 시달리며 탄광으로 내몰렸습니다. '홍석기'는 견디다 못해 자살이나 다름없다는 탈출을 감행합니다. 죽을 힘을 다해 도망가다가 어느 집 앞에 쓰러졌습니다. 정신을 차려 보니 한 일본인 할머니가 자신을 보살펴주고 있었고, 그 덕분에 몰래 숨어 있다가 조선으로 올 수 있었습니다.

할머니는 자신의 막내아들 신분증명서를 주고, 시모노세키 항구까지 데리고 가서 조선으로 가는 배표를 끊어주고, 밥 사 먹을 돈까지 쥐어주었답니다. 또 조선에 도착하면 신분증명서는 버려라, 혹 배 안에서 문제가 생기면 신분증명서는 주웠노라, 그렇게 말하라고 당부했답니다. 그러고 나서 할머니는, 부처님한테 네가 무사하길 빌겠다며 자기 집으로 돌아갔다는군요. 이야기를 듣던 사람들은 "세상에 일본 사람 중에도 그런 사람이 다 있냐" 하며 감탄합니다.

징용에 끌려갔다가 탈출한 사연, 심지어 일본에서도 최북단 지

역인 홋카이도까지 끌려갔던 조선인이 무사히 돌아왔다는 것만
으로도 기적이라 할 만한데, 그 기적을 만들어낸 사람이 일본인
할머니라니 더더욱 놀라웠던 겁니다. 모두 입을 모아 "그 할머니
가 바로 생불(生佛)이다. 살아 있는 부처님이다" 칭송하기도 하고,
어느 곳이든 사람 사는 세상에는 극악무도한 인간도 있지만 부처
같이 착한 사람도 있다는 세상 진리를 되뇌어보기도 합니다. 하
지만 누군가는 사람이 다 가지각색이라지만, 그래도 전생에 그
할머니와 무슨 인연이 있지 않고야 어떻게 이런 일이 벌어질 수
있냐, 진짜 네가 겪은 일이냐며 의심스럽다고까지 합니다.

　자기 경험담을 주섬주섬 늘어놓던 '홍석기'가 뒤늦게 생각난
듯 그 할머니의 사연을 덧붙입니다. 일본에서 헤어지기 직전이
었답니다. 할머니는 자신에게, 부처님한테 네가 무사하기를 빌
겠다, 너도 내 아들의 무사 귀환을 부처님한테 빌어달라고 했다
는 겁니다. 할머니의 자식들은 막내아들을 빼고는 모두 소집되
어 전선에 나가 있었답니다. 그리고 다시 생각해보니, 그 할머니
는 "눈물을 흘리지도 않았는데 마음속으로 늘 울고 계신 것" 같
았다고 전합니다. 사람들은 그제야 이 기적이 우연한 베풂이나
희귀한 미담이 아니라 부모의 마음이 만들어낸 사건이었음을
이해하게 됩니다. 조선인 청년, 그것도 강제로 끌려온 식민지 노
동자와 일본의 어느 시골 할머니의 접점은 거의 없습니다. 그러
나 할머니는 그 낯선 청년에게 전쟁터로 간 아들의 얼굴을 겹쳐

보았습니다. 혹시 내 아들도 도망가고 싶을 만큼 괴로운 건 아닐까, 혹시 저리 도망쳐버린 건 아닐까… 내 아들은 전쟁터에서 어찌 지내는가. 심지어는 저 조선인의 부모도 나처럼 이렇게 애타고 있겠구나 하면서 말입니다. 제국과 식민지, 내지인과 이방인 그리고 나와 타인이라는 구별 대신 부모와 자식이라는 인간관계의 공통감각을 발휘한 것입니다. 이야말로 인간이 인간다울 수 있는 조건 중 으뜸이라는 '공감'이 이루어지는 순간입니다.

대단하고도 고귀한 일, 그러나 박경리 선생이 그려내는 일본 할머니는 그저 담담하게, 단순하게 이 모든 일을 해내는 모습입니다. 조선인 탈주자를 돕는, 어찌 보면 위험천만한 일일 수도 있는데 말입니다. 오랜 세월을 경험한 어른이어서, 여러 자식을 키워낸 어머니여서 그런 걸까요.

한편 열세 살 아들이, 엄격하기만 한 아버지를 공감하는 그런 이야기도 있습니다. 프랑스 소설 「속담(1943)」입니다. 벌이보다 씀씀이가 더 헤픈 두 딸과 아내, 조카 집에 얹혀사는 늙고 병든 고모, 아버지는 그들을 보며 '자기 재산을 도둑맞고 있다는 씁쓸한 기분'까지 느끼는 터였습니다. 그런데 공부라고는 지지리 못하는 아들 '뤼시앵'은 친구들과 놀기 바쁩니다. 심지어 직장에서는, 모범생 아들을 둔 동료 때문에 매일매일 짜증이 납니다.

참다못한 아버지는 어느 날 아들을 불러놓고 일장훈계를 늘어놓습니다. 글로 옮겨진 아버지의 말은 거의 세 쪽에 걸쳐 단락도 바뀌지 않은, 길고긴 꾸중. 그 와중에도 아들은 몸을 비비 꼬며, 식탁 위의 냅킨꽂이를 만지작거리며 딴청을 피웁니다. 결국 아버지는 자신이 보는 앞에서 숙제를 하라고 명령합니다. 제대로 공부하는지 자신의 눈으로 확인하겠다는 거지요. "뤼시앵, 넌 나를 생각하는 애가 아니야. 네가 그런 애였다면 벌써 숙제를 해놓았을 거야. 내가 얼마나 힘들게 일을 하는지, 우리 가족의 현재와 미래를 위해 얼마나 많이 걱정하고 불안해하는지 넌 몰라. 〔중략〕 그런데, 넌 편하게 놀고먹을 수 있어. 너무 착한 애비를 만난 덕이지. 〔중략〕 생각해봐. 베뤼샤르〔아들과 같은 반 친구이자 사무실 동료의 아들입니다〕도 너처럼 했겠니? 그 애라면 일주일이나 엿새나 닷새가 지나도록 기다리지 않았을 거야. 베뤼샤르 같은 애는 바로 그다음 날 숙제를 해치웠을 게 뻔해."◦

조금 딴말입니다만, 부모의 꾸중은 어찌 저리 만국 공통일까요. 동서양을 막론하고 시대 구분도 안 될 정도로 이리 똑같다니, 혹 인류 공통의 '부모/어른' 화법이 존재하나 싶을 정도입니다. 뤼시앵의 아버지는 이렇게까지 말합니다. 이게 다 너를 위한 거다. 나중에 네가 어른이 되면 이 아버지가 옳았다는 걸 알 거라고 말입니다. 우리와 똑 닮은 모습에 절로 웃음이 납니다.

하여간 이렇게 일장연설을 한 애비는, 그날 아들의 숙제를

○ 마르셀 에메, 「속담」, 『벽으로 드나드는 남자』, 문학동네, 2002, 83~85쪽.

대신하기에 이르고야 맙니다. 아들의 숙제는 속담을 설명하는 글쓰기였는데, 아버지는 이리저리 설명해주다가, 차라리 내가 직접 써줄 테니 그걸 베끼라고 하고 말았습니다. 그런데 펜을 잡은 아버지, 생각이 술술 풀려 나오다 못해 '꽃이 만발한 매혹적인 땅을 가진 부자가 된 느낌'이 들 만큼 순조로웠다는군요. 그 아버지의 열정으로 숙제를 마치고 난 일주일 후였습니다. '뤼시앵'은 최하 점수를 받습니다. 주제를 벗어나, 잔뜩 멋 부린 말투로 읽는 이를 불쾌하게 만든다는 혹평도 들었습니다. 심지어 선생님은 잘못된 본보기를 알려주겠다며, '뤼시앵'의 숙제에서 몇 대목을 골라 큰 소리로 읽어주기까지 했습니다. 아무리 공부를 못하기로서니 그동안은 한 번도 겪어보지 않은 일이었습니다. 친구들 앞에서 굴욕스러울 정도였습니다.

풀이 죽어 집으로 돌아오자 그를 기다리던 아버지가 숙제 결과를 묻습니다. 그런데 어딘가 아버지가 초조하고 불안해 보입니다. 그 전날 저녁부터 한밤중까지 야단맞고 심지어는 조롱에 가까운 질책을 들었던 열세 살짜리 아이의 눈에 말입니다. 별안간 '뤼시앵'은 자신의 숙제가 최고점을 받았다고 말합니다. 그런 아들 앞에서 아버지가 환하게 웃으며 말합니다. 앞으로 너의 국어 숙제는 언제나 우리 둘이 같이 하도록 하자.

'어른을 위한 동화'라는 별칭답게 소설은 이렇게 반전 결말로 끝납니다만, 한편으로 놀랍습니다. 최고 점수라는 아들의 거짓

말에 아버지는 얼굴이 환하게 밝아져, 가족들 앞에서 의기양양해졌다는군요. 그런 아버지를 보며 아들은 기쁨으로 가슴이 뭉클해지는 것을 느꼈다 합니다.

열세 살 아들의 기쁨은 도대체 무엇일까요. 그리고 마음속으로 늘 울고 있다는 『토지』 속 일본 할머니의 슬픔은 또 무엇이랍니까. 아마도 이들의 기쁨과 슬픔은, 이유를 설명하기 어려운, 논리로 이해하기 어려운 것일지도 모르겠습니다. 하지만 그 둘 다 인간과 인간이 이어져 있음을 증명하는 게 아닐까 싶습니다. 낯선 할머니, 철없는 아들이라지만 그들은 나 아닌 다른 사람의 기쁨과 슬픔을 함께했습니다. 그래서 그들의 기쁨과 슬픔은 나와 네가 공감할 수 있다는 증명이며, 그래서 인간은 인간으로 존재할 수 있다는 증명입니다. 이와 같은 공감이 더 촘촘하게 우리들을 에워쌀 때, 우리가 살고 있는 곳은 참 좋은 세상이 될 겁니다. 그런 세상을 박경리 선생은 이렇게 말합니다.

"이 세상의 인연이 모두가 그와 같다면 그야말로 이 세상이 극락이지 극락이 어디 따로 있겠나." **20권 154쪽**

눈물을 흘리지도 않았는데 마음속으로 늘 울고 계신다는 할머니, 세상 모든 슬픔에 공감했던 그분께 전해드리고 싶습니다. 할머니의 마음은 사람을 살렸고, 사람들에게 극락이 어떤 곳인지 알려주었다고 말입니다.

"나는 이대로가 좋다! 나는 이렇기 사는 것이 몸에
맞은 옷 입은 것걸이 좋단 말이다."

13권 322쪽

두 번째
긍정

『토지』속 인물 '김강쇠'의 말입니다. 『토지인물사전』에 따르면, 그는 지리산에서 숯 굽는 천민으로 덩치가 크고 사팔눈이며 순박하고 의리 있는 사람입니다. 그의 어머니는 '강쇠'가 사팔눈이 된 사연을 이렇게 말해줍니다. 그는 쌍둥이 중에서 살아남은 아들이라는군요. 갓난아기 적에 모지락스럽게 우는 한 놈을 업고서 나무도 하고 보리방아도 찧고 그러다 보니 다른 한 놈은 방에 혼자 누운 채 늘 밝은 방문 쪽만 쳐다보아서 '사팔뜨기'가 되어버렸다 합니다. 곤궁한 살림에 아들 하나를 잃고 또 다른 아들 하나는 사팔눈이 되었다니, 그 어머니의 마음은 어떠했을까요. 할머니가 된 '강쇠'의 어머니는 지금껏 만나는 누구에게나 그때 그 이야기를 한다니, 그 가슴에 맺힌 아픔이 짐작되는 듯합니다.

제 어머니도 고단하게 살았던 옛 이야기를 자주 꺼냅니다. 장사를 하던 제 부모님은 명절 따위의 대목이면 눈코 뜰 사이 없이 바빴답니다. 그런데 어느 날은 가게 구석에 눕혀놓은 아기가 유달리 울어댔답니다. 네, 바로 제가 그랬다는군요. 그날따라 아기를 어르고 달랠 틈이 없어 제풀에 잠잠해지기를 바라며 내버려두었답니다. 한창 붐비던 손님이 뜸해지고, 아기 울음소리도 더이상 들리지 않아 잠들었나 싶어 가보았답니다. 그런데 아기는 울다 못해 새파랗게 질려 있었다는군요. 숨도 쉬지 않고 있더랍니다. 깜짝 놀란 엄마는 아기를 들쳐 업고 아기보다 더 질린 채로 달려 나갔습니다. 하지만 급한 마음과는 반대로 다리가 벌벌 떨려 제대로 뛸 수가 없었다는군요. 그런 엄마를, 아버지가 끌고 달렸답니다. 아버지는 씩씩거리며 엄마의 가슴께에 감긴 포대기 자락을 잡아끌고 달렸답니다.

당시 동네에서 침 잘 놓기로 용하다고 소문난 집으로 달려가, 아기의 손발부터 미간까지 침을 꽂으니, 비로소 제가 울음을 다시 터뜨렸다는군요. 부모님도 그제야 마음을 놓고 저를 안고 집으로 돌아왔는데, 다음 날 온 동네에 소문이 났더랍니다. ○○이네 엄마가 집 나가다가 들켰다, 새댁이 아기를 업고 도망가다 남편에게 붙들려 끌려가더라고 말입니다. 과연 그럴듯한 풀이입니다. 벌겋게 달아오른 얼굴로, 아기를 업고 벌벌 떠는 아내의 가슴팍을 부여잡고 마구 끌고 가는 남편. 그 장면으로부터 집 나간 아내를 응징하는 남편을 떠올리는 건 퍽 자연스러워 보입니다. 하여간 그때의 이야기는 제 엄마의 입을 통해 이렇게 마무리 됩니다. 니가 그렇게도 빽빽 울었는데 이래 컸다, 세월이 차암 빠르다, 그때는 먹고사는 게 힘들었는디.

어린 시절의 제 이야기는 우습고도 다행한 결말로 끝났고 지금은 추억으로 회자될 뿐입니다만, '강쇠'는 어른이 되어서도 고단하고 애달프게 살아갑니다. 가난하고 배운 것 없는 천민 출신의 사내. 그런 사람이 동학운동으로부터 일제강점하의 노동운동·독립운동까지 있는 힘을 다해 나섰으니, 삶이 고단한 것은 당연합니다. 하지만 뜻을 같이했던 동지들이 잡혀 들어가고, 죽고, 변절하고, 더러는 친일파로 나서는 것까지도 지켜봐야 하는, 그런 암흑 같은 긴 세월이 이어집니다. 엎친 데 덮친 격으로 집안에도 참사가 이어집니다. 아들의 사팔눈을 애처로워하던 노모는 좋은 날도 보지 못한 채 눈을 감고, 그 장례식을 치른 지 열흘 만에 열 살 딸아이가 어이없게도 벼랑에서 떨어져 죽는 아픔까지 겪어야 했습니다.

바깥일에만 열심이고 무덤덤하고 잔정 없는 아들이자 아비였던 '강쇠'에게도 대단히 충격적인 일이었습니다. 하지만 엄청난 아픔을 삭일 틈도 없이 먹고사느라, 독립운동에 나서느라 바쁘기만 했습니다. 그런데 장터에 간 어느 날이었습니다. 고무신 장수가 퍼놓은 신발 가운데 분홍 빛깔의 앙증스러운 신발을 보았습니다. 저도 모르게 우두커니 내려다보고 있는데, 고무신 장수는 "아이들은 발 크기에 층이 많아서 장사들이 어른 신맨치로 많이 가지오지 않은께, 애댕기이실 때 사 가라" 하며 부추깁니다. 퉁명스럽게 "사주고 싶어도 이자는 신발 임자가 없네"라고 내던지듯 말하며 돌아 나섰습니다. 주막에서 막걸리 몇 사발을 들이켜고 집으로 돌아오는 산길에서 목청껏 노래 한 자락을 내지릅니다. "한오백 녀으은 살자더어니이이!"

그런데 한참 후에야 자신이 고장난 유성기처럼 '한오백년 살자더니'라는 구절만 되풀이하고 있다는 것, 자신이 노래를 하는 게 아니라 통곡을 하고 있었다는 것, 가슴이 멍든 것같이 아프다는 것을 깨닫습니다. 그러고는 '어매'를 부르며 흐느껴 웁니다. 생전에는 새끼들이 소중타는 생각을 안 했는데, 밥만 처먹이믄 절로 크는 줄 알았는데, 어매는 험한 꼴 안 보고 먼저 잘 가셨다고… 말입니다. 먼저 간 동지의 이름도 소리쳐 부르며, 통곡합니다. "그러크럼 고달프게 고통시럽게 살다 갔으니 후회도 여한도 없으리라" 하고 말입니다.

이렇게 안팎으로 겹겹의 고난을 겪는 사람이 "나는 이대로" 좋다고 외쳤다는 겁니다. 예전에 '강쇠'가 '김환(구천)'과 함께 동학운동·독립운동을 할 때였습니다. 고생스럽지 않느냐는 '김환'의 질문에 '강쇠'의 대답은 이러했습니다. "고생이사 타고난 거 아닙니까. 어차피 산놈으로 태어났으니께요." 팔자소관으로 치부한다는 말이냐 했더니, "산놈으로 태어났으니께 무신 짓을 해도 더 나빠진다 할 기이 없다"라는 뜻이라며, "잘 묵고 잘 입고 근심 걱정 없는 사람들이사 머가 답답해 백성들 생각하겄소? 우리 겉 은 놈 아니믄 누가 나서서 일할 깁니까"라고 단언합니다. 이 장 면은 『토지』 2부 3편 「밤에 일하는 사람들」 중 13장 〈산놈으로 태어나서〉에 실려 있습니다. 박경리 선생이 붙인 제목이 참으로 명징하지 않습니까. 자신이 하는 일과 자기 삶에 대한 있는 그대 로의 긍정이 선연하게 드러나는 장면이자 제목입니다. 스스로 를 확신하는 자의 단단함이 생생하게 전해집니다.

이런 자기 긍정은 자신감이나 굳은 의지만으로 이루어지지 않습니다. 자신감과 의지에 가득 찬 결단·결심이 자칫 일회성 선언이나 자기만족에 그칠 위험도 있기 때문입니다. 이와 다르 게 자기 긍정이 진정한 삶의 긍정이 되려면 또 한 번의 긍정이 더해져야 한다고 『삶을 위한 철학수업』에서 이진경 선생은 말합 니다. 자신의 능력을 긍정하고 자신이 하고자 하는 것(욕망하는 것)을 긍정하는 것이 첫 번째 긍정이라면, 두 번째 긍정은 그렇 게 자신이 긍정하여 선택한 삶으로 야기되는 어떤 결과도 긍정 하는 것입니다.°

좀 더 구체적인 설명을 빌려 오면, 그림 그리는 게 좋아서 한 평생 그림을 그리며 살겠다는 사람이 있다고 가정해봅시다. 그

○ 이진경, 『삶을 위한 철학수업』, 문학동네, 2013, 232~233쪽.

의 욕망이나 의지, 결단과는 상관없이, 그림을 아무리 열심히 그리더라도 그의 생활은 점점 더 가난해질 수도 있고, 훌륭한 화가로 인정받지 못한 채 무명의 세월로 끝날 수도 있습니다. 이때 스스로가 그림 그리는 것을 긍정하는 데서 더 나아가, 가난과 무명의 세월까지 긍정하는 것, 즉 첫 번째 긍정으로부터 생겨날 모든 결과까지 '기꺼이' 긍정하는 것이 두 번째 긍정이라는 거지요. 이렇게 두 번 긍정한 사람을 불행하게 만들기란 거의 불가능하다고 합니다. 가난해도 좋고 무명으로 끝나도 좋다며 그림을 그리는 사람을 불행하게 만들 방법은 없지 않느냐는 겁니다. 그리고 덧붙입니다. 물론 그렇다 할지라도 늙고 병들고 죽는 등등의, 인간으로서 겪는 불행을 피할 수는 없겠지만 자기 긍정의 삶을 살아가는 자에게 그런 고통이나 불행은 지나가는 불행과 고통이 될 것이라고 말입니다.°

어차피 산놈으로, 천민으로 태어났으니…. 이건 삶의 고통과 불행을 그대로 긍정하는 사람의 말입니다. 그러나 그는, 옳다고 생각한 일에 전심전력을 다했지만 앞이 보이지 않는 밤길을 가야 했던 사람이었습니다. 피붙이와 동지의 죽음이라는 고통까지 겪어낸 사람이었습니다. 심지어는 그런 고통이 이제는 끝났다고 장담할 수도 없습니다. 앞으로 이보다 더한 고통이 있을지

○ 이진경, 『삶을 위한 철학수업』, 문학동네, 2013, 233~234쪽.

모릅니다. 그런 삶의 한가운데에서 사팔눈 '강쇠'가 "나는 이대로가 좋다!"라고 외칩니다. 그야말로 자기 삶의 모든 것을 긍정하는 자의 외침입니다. 지금 내가 하는 일이 옳고, 그래서 나는 계속할 것이며, 그렇게 살아가는 한 그 모든 것이 나의 삶이라는 고귀한 긍정의 외침입니다. 그래서 그의 자기 긍정은 한 사람의 삶을 넘어 세상을 환히 밝혀주는 것 같습니다.

"나는 이대로가 좋다! 그 사람들맨크로 이것저것 많이 알 필요도 없고오, 나는 이렇기 사는 것이 몸에 맞은 옷 입은 것겉이 좋단 말이다. 내 자식놈도 마찬가지라. 유식이 비단옷 입은 꼴이 된다믄 우찌 용나시〔조금이라도 움직일 수 있는 여유라는 뜻의 사투리〕를 하겄노. 범의 우리 속에 갇혀서 고기나 받아묵고 그리 살믄 머하겄노. 나는 이대로가 좋다! 고대광실에 살고 접지도 않고 업신여김 받지도 주지도 않고…." 13권 322쪽

II

질문하는
젊은이를
위하여

"밤하늘의 그 수많은 별들의 운행같이 삼라만상이 이치에서 벗어나는 거란 없는 게야. 돌아갈 자리에 돌아가고 돌아올 자리에 돌아오고, 우리가 다만 못 믿는 것은 이르고 더디 오는 그 차이 때문이고 마음이 바쁜 때문이지."

7권 402쪽

마음이
너무 바빠서

고등학생 때, 저는 시험이 다가오면 안달복달했습니다. 종종 어른들은 애살이 있다며° 저를 칭찬하기도 했고, 유난하다고 나무라기도 했습니다. 그런데 저는 열심히 '하기도' 전에 마음이 너무 바빴습니다. 시험 보기 전날이면 교과서와 공책을 비롯해 온갖 참고서와 문제집을 꺼내 방바닥에 쌓아두고 순번을 매기기 시작합니다. 지금이 몇 시니까, 몇 시까지 교과서를 읽고, 그다음 몇 시까지는 공책을 훑어보고, 몇 시까지는 이 참고서, 저 문제집, 그다음은 이거저거…. 종이 위에 나름의 계획표를 짜는 겁니다만, 닥치는 대로 꺼내놓은 것들을 살펴볼 시간은 늘 부족

○ '애살이 있다'라는 말은 일을 잘하고자 하는 욕심과 애착이 있는 상태라는 뜻의 경상도 사투리이다.

했습니다. 울상이 되어 짜증스럽게 방바닥을 이리저리 뒹굴다가, 참고서를 나름 추려보다가, 계획을 다시 세우다가… 엄마의 말마따나 '혼자 쌩쑈'를 하다 보면, 족히 한 시간 이상이 지나버렸고, 저는 기운이 빠진 채로 늘어져 있기 일쑤였습니다. 정작 공부는 시작도 하기 전인데 말입니다.

어른이 되어서야 안달하던 제 버릇이 조금 나아졌습니다. 시험이나 중요한 일 앞에서는 여전히 후들거리며 긴장하지만, 예전처럼 '혼자 쌩쑈'를 벌이는 지경은 아니게 된 겁니다. 아마도 대학과 대학원 과정을 거치고 강의와 공부를 업으로 삼으면서 어느 정도 단련이 된 덕분일 겁니다. 하지만 다시 돌이켜봐도 예전의 저는 참 유난스러웠다 싶습니다. 부모님이 시험 성적으로 저를 몰아세우는 것도 아니었습니다. 그렇다고 스스로 대단한 목표를 세운 것도 아니었습니다. 그런데도 대체 왜 그랬던 걸까요.

"밤하늘의 그 수많은 별들의 운행같이 삼라만상이 이치에서 벗어나는 거란 없는 게야. 돌아갈 자리에 돌아가고 돌아올 자리에 돌아오고, 우리가 다만 못 믿는 것은 이르고 더디 오는 그 차이 때문이고 마음이 바쁜 때문이지." 7권 402쪽

이는 『토지』에서 대표적 악인인 '조준구'의 행태를 두고 한 말입니다. 최참판댁의 만석 살림을 송두리째 가로챈 지 어언 6년이 지났습니다. 불구 자식은 내버리다시피 하며 소식을 끊었고,

부인과는 재산 때문에 다투고 있습니다. 그러던 중 '서희'의 계획(재산을 되찾겠다는)을 돕고 있는 '공노인'이 찾아옵니다. '공노인'은 후손 없는 자산가 행세를 하며 금광 소문을 늘어놓습니다. '조준구'는 다시 재산을 늘리고 남의 것을 가로채고 싶은 욕심이 동하기 시작합니다. 지금의 재산도 원래 제 것이 아니요, 벼락부자가 되다시피 했습니다. 그런데 또 일확천금을, 횡재를 꿈꿉니다. 심지어 '공노인'의 재산도 넘봅니다. 그러니 앞뒤 가릴 것 없이 마음이 바쁠 수밖에 없습니다.

학창 시절 제가 욕심냈던 것은 시험 성적이었습니다. '조준구'처럼 물욕은 아니었습니다. 그러나 욕심의 대상이 무엇이든 '한꺼번에' 이루고자 했던 건 마찬가지입니다. '조준구'는 노력해서 돈을 벌고 재산을 늘리는 사람이 아니었습니다. 최참판댁 재산을 통째로 가로챈 이후에도 계속 다른 이의 재산을 탐냈습니다. 노다지가 쏟아져 돈벼락을 맞는 벼락부자를 갈망했습니다. 남의 것이든 내 것이든 가리지 않고, 남보다 빨리 많이 한몫을 챙기려는 한탕주의의 욕심만이 가득했습니다. 그래서 '조준구'는 저 혼자 허둥거리고 제 스스로 조급했습니다.

저 또한 그러했습니다. 시험이 다가오면 저는 누구보다도 초조하고 불안해했습니다. '핵심 요점 정리' '원 포인트 레슨' '꿀팁(tip)' 따위의 말에 홀렸고, 그런 방도가 어딘가에 있다고 생각했습니다. 하나하나 알고 익히는 대신 단번에 성적을 올려줄 비법을 원했습니다. 그러나 핵심 정리 정도야 있었지만, 만능열쇠 같은 비법이나 남모르는 지름길은 그 어디에도 없었습니다. 누구나 알듯 공부에는 왕도가 없으니까요. 그런데도 저는 공부를 시작도 하기 전에 비법을 찾는 데만 급급했으니, 결국 더 초조해질밖에 없었습니다. 종당에는 '혼자 쌩쇼'라는 말이 어울릴 지경이 되어버리고 마는 거였습니다.

카프카는 이렇게 말했다 합니다. 조바심이야말로 인간의 가장 큰 죄악이라고. "모든 죄를 파생시키는 두 가지 주된 인간적인 죄가 있는데, 다름 아닌 조바심과 태만이다. 조바심 때문에 인간은 낙원에서 추방되었고 태만함 때문에 돌아가지 못한다. 그러나 어쩌면 주된 죄는 오로지, 조바심 한 가지인지 모른다. 조바심 때문에 인간은 낙원으로 돌아가지 못한다."°

카프카의 말에 덧붙여 고병권은 이렇게 말합니다. "우리가 느끼는 두려움과 불안이 전혀 근거 없는 것이라는 말이 아니다. 문제는 초조함이다. 초조함은 문제를 정면으로 응시하지 못하게 한다. 초조한 자는 문제의 진행을 충분히 지켜볼 수 없기에 어떤 대체물을 문제의 해결책으로 간주하려고 한다. 성급한 해결을 원하는 조바심이 해결책이 아닌 어떤 것을 해결책으로 보이게 만드는 것이다. 〔중략〕 철학한다는 것은, 생각한다는 것은 곧바로

○ 프란츠 카프카, 『죄, 고통, 희망, 그리고 진실된 것에 대한 관찰』, 실천문학, 1997, 7쪽.

반응하지 않는 것이다. 그것은 지름길을 믿지 않는 것이다. 철학은 어느 철학자의 말처럼, 삶의 정신적 우회다. 삶을 다시 씹어 보는 것, 말 그대로 반추하는 것이다. 지름길이 아니라 에움길로 걷는 것, 눈을 감고 달리지 않고 충분히 주변을 살펴보는 것, 맹목이 아니라 통찰, 그것이 철학이다. 철학은 한마디로 초조해하지 않는 것이다."○

　여기서 '철학'이라는 말은 '공부'로, 나아가 우리가 살아가는 태도로 바꿔 읽어도 괜찮다 싶습니다. 무릇 공부한다는 것은 자기 문제를 정면으로 응시하고, 그것을 찬찬히 곱씹어가며 생각하는 일입니다. 문제를 빨리 해결하거나 무조건 봉합할 방도를 구하려는 것과는 거리가 멉니다. 설령 해결될 기미가 없더라도 아니 해결이 불가능해 보이더라도 그 문제를 생각하고 또 생각하는 것이 공부입니다. 우리가 살아가며 맞닥뜨리는 문제들 또한 그렇게 대해야 할 겁니다. 그래서 실패, 무엇이 실패이고 성공인지는 이 또한 따져봐야 하겠습니다만, 하여간 세간에서 말하는 실패에 이른다 할지라도 스스로의 걸음으로 하나하나 행한 것이 있을 때 우리는 배움을 얻을 수 있습니다. 삼라만상이 돌아갈 자리에 돌아가고 돌아올 자리에 돌아오는 '별들의 길'이 있음을 알고, 그렇게 걸어가기를 배우는 것이지요. 그리고 그것

○ 고병권, 『철학자와 하녀』, 메디치, 2014, 28~30쪽.

이야말로 우리가 터득해야 할 공부 비법이자 삶의 길입니다.

물욕으로 마음이 바빴던 '조준구'는 결국 '욕심에 눈이 어두워 제 손가락으로 제 눈 찌르는 지경'이 되고 말았습니다. 조급함으로 '혼자 쌩쑈'를 했던 여고생은 이제야, 바쁜 마음으로부터 벗어나 '별들의 길'을 헤아려보고자 합니다. 이르고 더딘 차이를 분별하기에 앞서, 이치를 따라 하루하루를 정성껏 살아가는 그런 길 말입니다.

"가난한 것은 수치가 아니다. 일을 해도 배불리 먹을 수 없는 척박한 땅에 사는 것은 수치가 아니다. 사로잡혀 사는 거야말로 수치다."

18권 331쪽

사로잡히지 않을
자유

『토지』의 주인공이라 할 '서희'의 둘째아들 '윤국'의 말입니다. 그의 집안은 평사리 전체의 실질적 주인인 최참판댁입니다. 부와 권력을 가진 도련님, 심지어 그는 수재이고 잘생긴 청년입니다. 그가 진주 고보(高普)에 다닐 때입니다. 전국으로 번져나가던 광주학생항일운동으로 많은 학생이 잡혀 들어갔습니다. 경찰서 유치장에서 '윤국'의 선배 '홍수관'과 일본 형사 사이에 언쟁이 벌어졌습니다. 형사는 조선 민족을 멸시하며 식민 통치를 정당하다 주장했고, 그 말에 불끈한 '홍수관'이 열정적으로 논박하고 나선 거지요. 그러나 노회한 형사의 유도 심문 같은 논리에 말려들어가, '홍수관'은 제 입으로 당장 전향 선언을 하지 않으면 불령선인(不逞鮮人)으로 낙인찍혀 퇴학을 당해야 하는 처지에 놓입니다.

두 달 후면 졸업이니 차라리 침묵을 지키라는 친구와 후배들의 절규에도 불구하고, '수관'은 오열을 터뜨리며 조선 독립을 위해 살겠다고 외쳐버립니다. 그것은 고귀한 영혼을 지키려는 자기 선언이었지만, 현실의 생존이 무너지는 소리이기도 했습니다. 그의 집은 구멍가게에서 사시사철 숯이며 나뭇단이며 사탕 따위를 파는 가난한 홀어미의 살림이었습니다. 그 가난이 아들의 학교졸업과 취업을 통해 덜어지리라 기대했지만, 어미의 희망은 그날의 외침으로 모두 사라질 수밖에 없었기 때문입니다.

세월이 지난 뒤 거리에서 만난 '홍수관'은 몸에 꽉 끼는 국민복을 입고 낡은 구두를 신고, 동창의 도움으로 간신히 생계를 이어나가는 남루한 모습이었습니다. 학창 시절의 팽팽했던 오기나, 장래가 촉망되던 준수한 청년의 모습은 찾아볼 수 없었습니다. 졸업을 앞두고 학교에서 쫓겨나 징역살이를 하고 나온 이후부터 그는 생활에 찌들고 남의 눈초리에 찌들어, 목에 올가미를 쓰지 않고도 서서히 죽어가는 느낌이라 합니다. 자기 자신이 경멸스러워 견딜 수 없다 합니다. 그러한 '수관'의 말에 '윤국'은 고개를 떨어뜨렸습니다. 고개를 떨어뜨리고 한참 걷다가 한숨을 내쉬며 다시 고개를 쳐들고 하늘을 올려다보았습니다. 그러고는 저 말을 중얼거린 겁니다.

"가난한 것은 수치가 아니다. 일을 해도 배불리 먹을 수 없는 척박한 땅에 사는 것은 수치가 아니다. 사로잡혀서 사는 거야말로 수치다"라고 말입니다. 가난이 부끄러운 일은 아니다, 누구나 고개 끄덕일 말입니다. 더구나 가난한 이유가 나라를 잃은 때문이라면 혹은 정의롭지 못한 사회 때문이라면 더욱더 그러합니다. 그렇다면 정작 부끄러워해야 할 일이라는 '사로잡혀 사는 것'은 무엇을 말하는 걸까요. 그와 반대로 사로잡히지 않은, 얽매이지 않은 자유로운 삶은 또 어떤 것일까요. '홍수관'처럼 식민 치하에 있던 사람들이 열렬히 갈구했던 것은 독립─다른 것에 예속하거나 의존하지 아니하고 제 스스로 살아나갈 자유였습니다.

자유를 갈망하던 사람, 넬슨 만델라는 이렇게 이야기합니다. "길고 외로운 여러 해 동안 내 민족의 자유에 대한 내 갈망은 흑인과 백인을 포함하는 모든 국민들의 자유에 대한 갈망으로 변화되었다. 나는 억압받는 사람과 마찬가지로 억압하는 사람도 해방되어야 한다는 사실을 어느 무엇보다도 잘 알고 있었다. 다른 사람의 자유를 빼앗은 사람은 증오의 포로가 되어 편견과 편협심의 창살에 갇혀 있게 된다. 내가 만약 다른 사람의 자유를 빼앗는다면 남에게 나의 자유를 빼앗긴 것과 마찬가지로 나는 진정으로 자유롭지 못하다. 〔중략〕 우리는 우리 여정의 마지막 발걸음을 내딛지는 못했지만, 더 길고 어려운 첫발걸음은 내디뎠다. 자유로워진다는 것은 단지 쇠사슬을 풀어버리는 것이 아니며, 다른 사람의 자유를 존중하고 증진하는 방식으로 사는 것이기 때문이다. 우리의 자유에 대한 진정한 헌신은 이제 막 시작되었다."°

만델라는 남아프리카공화국에서 흑인의 자유를 위해 한평생을 바쳤던 사람입니다. 그가 "길고 외로운 여러 해"라고 대수롭지 않게 말한 세월은 1962년 8월에서 1990년 2월까지, 자그마치 27년 6개월이었습니다. 백인들이 남아프리카를 점령한 이후 340여 년 동안 가혹한 인종분리 정책을 실행했고, 수많은 사람은 오랜 세월 고난에 찬 투쟁을 이어나갔습니다. 그 과정에서 또 수많은 사람이 학살당하거나 암살당하고, 실종되고 고문당하고 투옥되었습니다. 나중에 만델라가 대통령에 취임한 뒤 세워진 '진실과 화해 위원회(Truth and Reconciliation Commission, TRC)'에 따르면 305만 명 이상의 사람들이 죽거나 실종되고 투옥되었다 합니다. 이는 단지 '공식 보고서'에 나온 진술일 뿐 실제로는 그 이상을 훨씬 넘는 사람들이 고통받았습니다. 그런데 만델라는 자유로워진다는 것이 단지 억압받는 자의 쇠사슬을 풀어내는 일만을 가리키는 것이 아니라고 합니다. 그들을 억압했던 사람까지 해방되어야 한다고 그는 강조합니다.

다른 사람의 자유를 빼앗은 사람은 외견상으로야 권력을 행사하는 것처럼 보이겠지만, 그는 또 다른 포로이자 사로잡힌 사람이라는 겁니다. 내 의지와는 상관없이, 내 생각 따위는 끼어들여지도 없이 누군가를 억압해야 하고, 누군가를 증오해야 하고,

○ 넬슨 만델라, 『자유를 향한 머나먼 길』, 두레, 2006, 902쪽.

누군가를 가해해야만 한다면 그가 어떻게 진정으로 자유로울 수 있느냐 하는 거지요. 27년이 넘는 세월을 투옥당했던 피해자가 가해자의 자유를 이야기하는 이 놀라운 장면은 감동을 넘어 충격적입니다. 혹시 화해와 통합을 위해 던지는 정치적 메시지인가 하는 불순한 의심이 들 정도입니다. 그런데 이런 '사로잡히지 않을 자유'의 소중함을 증언하는 사람이 또 있습니다.

「코끼리를 쏘다(Shooting an Elephant, 1936)」는 조지 오웰이 자신의 '버마' 시절을 회고하는 짧은 에세이입니다. 1903년에 태어난 그는 젊은 시절, 가난 때문에 대학 진학 대신 당시 영국의 식민지였던 '버마'의 경찰직을 택합니다. 지금은 미얀마로 부르는(1989년 6월까지 '버마'라고 불렀지요) 당시의 '버마'는 1·2차 영국-버마 전쟁을 겪은 뒤, 영국령 식민지가 되었다가 1948년에 독립했습니다. 27년 6개월의 감옥 생활(만델라), 35년의 일제강점, 90년 넘는 영국 식민 통치라니, 그야말로 할 말이 없게 만드는 인간의 역사란 생각도 문득 듭니다. 하여간 조지 오웰이 머물렀던 그때의 '버마'는 90명 정도의 영국인 경찰 간부가 그 150배가 넘는 1만 3000명 정도의 현지인 경찰을 두고, 그 15만 배가 넘는 1300만 명의 인구를 지배하는 그런 식민지였다 합니다.

조지 오웰이 영국인 경찰로 근무하던 어느 날, 제 구역을 벗어난 코끼리가 난동을 피운다는 신고가 들어옵니다. 현장으로 가보니, 코끼리에게 밟혀 죽은 시체 한 구가 진흙탕에 처박혀 있고, 코끼리는 태평스럽게 풀을 뜯고 있습니다. 사건이 벌어졌던 건 맞지만, 이미 평온을 되찾은 코끼리는 아무렇지도 않습니다. 오웰은 코끼리를 보자마자 쏴서는 안 된다는 걸 완벽하리만큼 확실히 알았고, 멀쩡한 코끼리를 쏜다는 게 오히려 심각한 일이라고 판단합니다. 하지만 코끼리의 소동에 몰려든 '버마인'들은 어느새 엄청난 군중으로 불어나 있었고, 그들은 모두 '식민관료 영국인 경찰'의 처분을 바라보고 있었습니다.

  그들의 눈길을 감지하는 순간, 지배자인 영국인 경찰은 "결국엔 코끼리를 쏴야 한다는 걸 문득 깨달았다. 사람들이 내가 그러리라 기대하고 있었으니 그래야만 했던 것이다. 나는 2000명의 의지가 나를 거역할 수 없게 밀어붙이고 있다는 느낌"°을 받았다고 토로합니다. 결국 그는, 할머니처럼 풀다발을 제 무릎에 털고 있는 코끼리를 정조준하는 일이 마치 "살인처럼 꺼림칙한 일"로 여겨졌지만, 그렇게 총을 쏘고야 맙니다. 그러고 나서 그는 자신이 "겉보기엔 주연"이지만, "실은 바보 같은 꼭두각시" 그것도 "가식적인 꼭두각시"였음을 인정합니다. 강자의 자유로움을 행사하는 지배자가 아니라, 지배하는 일체의 권력에 종속된 '꼭두각시'라는 겁니다. 가면을 썼을 뿐이라 여겼던 자신의 얼굴은 어느새 가면에 맞춰져 있었습니다.

○ 조지 오웰, 『나는 왜 쓰는가』, 한겨레출판, 2014, 37~38쪽.

자서전과도 같은 오웰의 에세이나 후대 평론가들의 글에서 거론되는 조지 오웰은 당시 '버마'에서 남다른 영국인의 모습을 보여줍니다. 사교를 즐기는 다른 식민지 영국인들과 달리 오웰은 원주민의 언어를 익혀 그들과 대화를 나누었고, 그 스스로도 "나는 이론적으로는(물론 남몰래 그랬다) 전적으로 버마인들 편이었고, 그들의 압제자인 영국인들을 전적으로 적대시했다"라고 털어놓습니다. 그러나 그의 생각이 무엇이든 어떻게 살고 있든 간에 지배자로 살아가는 한, 그는 지배자의 조건에 사로잡혀 있을 수밖에 없었습니다. 그들이 사로잡혀 있던 쇠사슬은 피식민지인이나 흑인·노예의 그것과는 달리 눈에 보이지 않는 것이었습니다. 또 그들은 물질적 풍요를 비롯한 생활의 모든 것을 '자유롭게' 누리고 있는 듯합니다. 그럼에도 억압하는 자-지배자를 얽어매고 있는 쇠사슬 또한 강고한 속박이었습니다.

남아프리카공화국의 어느 일화는 그 속박이 얼마나 무겁고 파괴적이었는지를 생생히 보여줍니다. 남아공에서 TRC 조사가 진행되는 도중이었습니다. 그들의 활동을 취재하던 방송사(SABC)에 편지 한 통이 날아듭니다. '헬레나'라는 가명을 쓴 백인 여성이 자신의 연인인 백인 경찰로부터 들은 사연을 전하는 편지였습니다. 그 백인 경찰이 친구들과 함께 승진을 하게 되었다고 했습니다. "우리 모두 특수부대로 옮겨가게 됐어. 우리는 진짜 경찰관이 되는 거야." 모든 이들이 흥분하며 기뻐했고, 축

하하며 즐거워했습니다. 그런데 그 특수부대는 흑인들을 고문하고 죽이라는 "피투성이의 잔인한 명령"을 수행하는 집단이었습니다. 3년 정도 특수부대 근무를 마치고 온 '헬레나'의 연인은 완전히 망가져 있었습니다. 제대로 먹지도 못하고, 악몽을 꾸며 비명을 지르고, 하루 종일 술에 취해 비틀거리고, 무더운 여름에도 식은땀을 흘리며 경련을 일으키고, 매일매일을 공포 속에서 뒹구는 것이었습니다. 마침내 남아공에서 모든 이가 흑백화합을 외치는 날에 이르자, 그는 호소합니다.

"그들은[흑인들은] 천 번이라도 나를 사면해줄 수 있을 것이다. 그러나 하느님이, 그리고 모든 사람이 천 번이나 나를 용서해준다 할지라도 나는 이 지옥을 벗어날 수 없을 것이다. 문제는 나의 머릿속에, 나의 양심에 있기 때문이다. 여기서 벗어날 수 있는 길은 단 하나뿐이다. 내 머리를 폭파시켜달라. 왜냐하면 내 머릿속에 내 지옥이 있기 때문이다."○

그렇습니다. 사로잡혀 있다는 것은 비단 눈에 보이는 굴레와 억압만을 뜻하지 않습니다. '머리에 지옥'을 이고 사는 자는 세상없이 무거운 쇠사슬에 휘감겨 있는 사람이었습니다. 그래서 피해자의 쇠사슬을 풀어헤치는 해방도, 가해자의 보이지 않는 얽매임을 풀어내는 데까지 이르러야 비로소 진정한 자유에 도

○ 넬슨 만델라, 『자유를 향한 머나먼 길』, 두레, 2006, 921쪽.

달한다는 것을 『토지』는, 넬슨 만델라는, 조지 오웰은 한 목소리로 이야기한 것인가 봅니다.

또 이 같은 억압과 얽매임이 역사적 사건에서만 이야기되는 것은 결코 아닙니다. 경찰서 유치장에서 제 목소리를 냈던 '수관'은 그날 이후 쪼그라든 듯 보이기도 합니다. 이후 『토지』에서 '수관'의 행보는 자세하게 전해지지 않습니다. 그가 독립운동에 가담하기는커녕 관계했다는 흔적조차 드러나지 않습니다. 그럼에도 불구하고 그는 비록 남루한 일상이나마 안간힘을 다해 버티어가는 모습으로 갈무리됩니다. 사로잡히지 않고 자유를 외친, 두려움 속에서도 용기를 낸 청년이었기 때문입니다. 그것이 비록 한때의 용기라지만 그 용기로부터 '수관'은 '사로잡혀 사는 인간의 수치'를 감지할 수 있었기 때문입니다.

해방된 조국에서 '수관'과 같은 이들이 다시 어떻게 살아갔을까 싶습니다. 자유로운 나라의 국민이라지만, 남북이 갈리고 제 민족끼리 서로 피 흘리고, 장장 65년이 넘는 세월을 휴전 상태로 살고 있는데 말입니다. 동맹이라지만 이웃나라라지만, 서로서로 치열한 각축을 벌이는 요즈음은 화약내 나지 않는 전쟁과도 같은데 말입니다. 아마도 '수관'이라면 '윤국'이라면, 온갖 두려움과 번잡함 가운데에서도 눈을 들어 제 스스로 어디 사로잡힌 데가 있나 살펴보고 있을 것 같습니다. 사로잡혀 사는 거야말로 수치다! 이렇게 말하면서 말입니다.

"가는 시간의 슬픔보다 멈춰진 무의미한 시간이야말로 그것은 삶이 아닌 것이다."

18권 24쪽

살아가는 시간,
살아지는 시간

제가 난생처음 가져본 시계는 오빠가 손목에 그려준 그림시계였습니다. 아마도 대여섯 살 무렵이었던 듯합니다. 오빠는 학교에서 시계 보는 법을 배워 와, 제게 그걸 전해주는 참이었지요. 볼펜으로 꾹꾹 눌러가며 자판도 시침도 분침도, 시곗줄까지 그리느라 꽤 오랜 시간이 걸렸습니다. 저는 움찔거리기 일쑤였고 오빠는 그때마다 침을 발라 잘못 그린 선을 북북 문지르며 타박했습니다. 제 살갗은 금세 벌게졌지만, 간지러움과 지루함을 참아가며 손목을 내민 채로 완성되기만을 기다렸습니다. 시침도 분침도 움직이지 않는, 삐뚤빼뚤 그린 시계. 그래도 저는 그게 퍽 좋았나 봅니다. 시계가 지워질까 조심조심했던 기억도 납니다.

지금은 시계로 가득한 세상입니다. 정작 손목시계를 차고 다니는 사람은 드물어진 듯하지만, 휴대폰에도 컴퓨터에도 자동차 계기판에도 온통 시계 천지인 세상입니다. 인류 문명사에 따르면, 인간은 대체로 농경사회에 이르러 시간에 대해 깊은 관심을 가졌답니다. 논밭에 언제 작물을 심고, 언제 물을 대야 할지를 가늠해야 했기 때문입니다. 그 덕분에 동서양 할 것 없이 달이나 해 혹은 별들의 주기와 움직임을 나타낸 달력이 만들어졌습니다.

달력들은 제각각 삶의 양상에 따라 다르게 만들어졌습니다. 농촌에서 음력 절기가 중요했다면, 어촌에서는 밀물−썰물이 드나드는 시기가 표시된 '물때 달력'이 요긴했으니까요. 그런데 흥미롭게도 어촌이라 할지라도 어느 바다냐에 따라 강조점이 달라진다는군요. 조수 간만의 차이가 극심한 서해안에서는 물때가 중요하지만, 동해안 사람들은 바람이 언제 부는지와 그로 인해 달라질 파도의 변화에 민감하답니다. 동해 바다의 하루는 바람때에 따라 흘러가는 것이었지요.

하지만 시계라는 기계의 시간은 누구에게나 어디서나 똑같습니다. 전 세계 어디서나 누구에게나 하루가 똑같은 스물네 구간으로 나누어지고, 똑같은 하루로부터 일주일, 한 달 그리고 열두 달이 모여 1년이 되는 것. 평소에는 존재감이 느껴지지 않는 공기처럼, 시간도 늘 그렇게 '있어 마땅한' 존재로만 여겨집니다. 하지만 곰곰 따져보면 참으로 신기하다 못해 기괴합니다.

사는 곳마다 달력이 다르게 만들어졌던 것처럼 현실의 시간은 저마다 다릅니다. 장사꾼들이 말하는 대목 시기, 그중 제일 바쁜 단대목도 저마다 다르고, 카페 주인과 식당 주인의 점심·저녁 시간은 전혀 다른 무게와 의미일 겁니다. 또 학교 앞 가게와 시장 안 가게가 붐비는 시간도 다를 겁니다. 여름과 겨울의 하루도, 바닷가와 들판의 하루도 당연히 다릅니다. 겨울의 오후 여섯 시가 컴컴한 저녁이라면, 여름에는 환한 낮에 가깝습니다. 도시의 밤 열 시와 산골의 밤 열 시는 같은가요. 아이의 밤 아홉 시와 어른의 밤 아홉 시는 또 어떤가요.

누구에게나 같은 시간, 어디서나 같은 시간이란 실제로는 인위적인 시간일 따름입니다. 자연의 시간이나 삶의 시간은 아닙니다. 그 인공의 시간은 절대적으로 평등하며 개별적 가치를 가지지 않습니다. 강물이 흐르듯 자연의 시간은 그저 흘러가지만, 우리는 인공의 시간을 전제로 해서 마치 돈을 모으거나 쓰는 것처럼 시간의 사용과 계산을 운운합니다. 아침에 한 시간 일찍 일어났으니, 오늘 저녁에는 한 시간 일찍 자야지, 하는 것처럼 말입니다. 그런데 오늘 아침의 그 시간과 저녁의 시간이 어떻게 같을 수 있나요. 물리적으로 완연히 다른 시간을 동등한 차원에 놓고 계산하다니요. 참으로 신기한, 인간의 방식입니다. 시간은 금이다, 시간은 돈이다, 시간을 아끼고, 시간을 낭비하고… 글로 써놓고 보아도 신기합니다. 대자연의 흐름을 더하고 뺄 수 있다니, 대체 인간의 이런 생각을 주체적이라 해야 할지, 오만하다 해야 할지 모르겠습니다. 하여간 우리 인간은 효율적 시간 관리와 그로부터 (주로 화폐적 측면에서) 이익과 유용성을 얻어내고자 합니다.

이런 세계에서는 나에게 더 중요한 순간, 더 의미 있는 순간, 그래서 나만의 것이라 할 만한 '고유한 시간'은 존재할 수 없습니다. 누구에게나 똑같이 '주어진' 24시간을 바탕으로, 누가 더 효율적인 결과를 생산해낼 수 있는가 그것만이 중요합니다. 일상의 흐름을 벗어난, 그래서 특별한 의미가 부여되는 '신성한 시간'은 오래된 관습 속에나 있는 것처럼 여겨지기도 합니다. 신성하고 고유하고 특별한 것과는 정반대인, 무한히 반복되는 일상의 권태와 철저한 시간 관리에 대한 강박이 현대인의 특징인 양 여겨지기도 합니다.

영화 〈사랑의 블랙홀(Groundhog Day, 1993)〉에서는 똑같은 시간의 무한한 반복 속에서 새로운 의미를 찾는 모습을 재미있게 보여줍니다. 기상 리포터 '필'은 2월 2일 성촉절(Groundhog Day) 축제를 취재하러 시골에 갔다가 갑작스러운 폭설로 발이 묶입니다. 할 수 없이 하룻밤을 더 머물고 나서 다음 날 아침 여섯 시에 눈을 뜨는데, 놀랍게도 다시 2월 2일인 겁니다. 그다음 날 아침도, 그다음 날도… 자신에게만 2월 2일이 계속 되풀이되는 마법에 걸려버렸습니다. 처음에는 장난도 쳐보고, 돈 가방을 훔쳐도 보고, 별별 일을 하며 그 신기한 반복을 즐겨도 보지만, '필'은 끝없이 되풀이되는 2월 2일 속에서 서서히 지쳐갑니다. 결국 극단적 선택(자살)까지 감행하는데, 또다시 2월 2일 아침 여섯 시에 깨어나는 일만 되풀이됩니다.

눈 쌓인 시골 마을 풍경, 잘난 척하던 남자가 절망에 빠져 난리법석을 피우는 모습 등등 재미있는 장면들이 많은 영화였습니다. 그중 매일 아침 2월 2일 여섯 시가 반복되는 장면은 단연 압권이었습니다. 2월 2일 아침을 시작한다는 라디오방송에 놀라 화들짝 일어나는 주인공, 흐트러진 매무새로 저주하듯 시계를 쏘아보는 그 눈초리가 지금도 생생합니다. 영화를 보는 제게도 똑같은 시간이 반복되는 느낌이었습니다. 그런 시간의 반복이 사라지는 것은 '필'에게 사랑이 찾아오면서였습니다. 건방지기 짝이 없던 주인공이 사랑에 빠지며 점점 다른 사람처럼 변해갔던 겁니다. 다른 행동을 하고, 다른 말을 하고, 다르게 살아가는 것이었지요. 그가 달라지면서 비로소 무한반복의 시간 마법이 풀렸습니다.

2월 2일의 반복은 물론, 그 이전에도 '필'의 모든 시간은 "멈춰진 무의미한 시간"이었습니다. 그런데 다르게 사는 삶으로부터 그의 시간이 되살아났습니다. 영화 속 주인공을 보며 "가는 시간의 슬픔보다 멈춰진 무의미한 시간이야말로 그것은 삶이 아닌 것이다"라는 말을 다시 떠올려봅니다. 이는 박경리 선생이 『토지』에서 일제 말기 '임명빈'이라는 지식인을 두고 한 말입니다. 저 말을 들을 당시 임명빈은 이러저러한 사연이 있다고는 하지만, 암울한 시대 상황 속에서 멍하게 하루하루를 보낼 뿐이었습니다. 나름의 고민도 많았습니다만, 그 고민에 대해 깊이 생각하지도 않았고, 그 고민을 해결할 길을 찾아 나서지도 않았습니다. 그저 힘들다며 멈추어 있었습니다. 그런 그에게, 아니 우리 모두에게 박경리 선생은 "가는 시간의 슬픔보다 멈춰진 무의미한 시간이야말로 그것은 삶이 아닌 것이다"라는 일갈을 내렸다고 생각합니다.

제가 좋아하는 노래에 이런 구절이 있습니다. "나는 살아가는 것일까, 그저 살아지고 있는 것일까."°

가늘되 선명하게 노래하는 목소리를 듣다 보면, 저도 모르게 중얼거립니다. 나는 살아가는 걸까, 살아지고 있는 걸까, 라고 말이지요. 결국 내가 그 시간을 살아가는 것, 그것이야말로 나에게 고유하고 신성한 의미를 스스로 부여하는 일일 겁니다. 그때야 비로소 내 삶을 산다고 말할 수 있을 테지요. 삶을 살아가는 시간, 그리고 나의 시간으로부터 말입니다.

○ 김윤아, 〈가끔씩〉, 2001.

"[무슨 일이 될 거라] 그런 생각 해본 일이 없고, 또 안 될 거라는 생각도 해본 일이 없소이다."

12권 99쪽

희망은
위태롭다

1920년대 말, 간도 용정을 찾아온 '혜관스님'에게 '공노인'은 "대사는 아직도 무슨 일이 될 거라 생각하시오?"라고 묻습니다. 스님은 이렇게 대답합니다. "글쎄올시다. 소승은 그런 생각 해본 일이 없고, 또 안 될 거라는 생각도 해본 일이 없소이다." 질문하는 사람도 답하는 사람도 무뚝뚝하고, 그들의 말도 모호하기 짝이 없습니다.

그들의 시대는 이러했습니다. 조선으로부터 새롭게 세워진 대한제국이 10여 년도 지나지 않아, 치안권·외교권 등을 강탈당하며 국권을 잃어버린 지 오래입니다. 온 힘을 다해, 나라 전체가 일어났던 3·1만세운동도 스러져버렸습니다. 앞도 보이지 않을 어둠만이 계속 이어지는 것 같습니다. 언제 끝이 날지, 어디가 끝인지, 무엇부터 할지 막막하기만 합니다. 조선과 간도 그 어디에서도 삶의 근거지를 찾기 어렵습니다. 독립운동 자금의 운반과 전달에 관여해왔던 공노인과 혜관스님은, 이런 즈음에 '희망'을 긍정하는 것도 부정하는 것도 아닌, 낙관도 비관도 아닌 무언가를 말합니다. 그러나 이들의 말은 혼돈이나 불안 혹은 자조나 자학과는 분명한 거리가 있습니다. 모호한 말 아래에서 그들은 나지막하게, 서로의 단단한 결기를 확인하고 있기 때문입니다.

1993년 설립된 '노들야학'의 철학 교사라고 자신을 소개하는 고병권이 쓴 『묵묵』에는 그곳의 교사와 학생 들의 이야기가 나옵니다. 노들야학의 학생들은 장애인이라는 이유로 오랫동안 집에 있었거나 '시설'에 갇혀 있다시피 살아가야 했던 사람들입니다. 그들이 스스로의 배움을 찾아 나서고, 자기 삶을 고민하는 곳이 노들야학입니다. 그런데 그곳에서 고병권 선생은 "인문학을 '희망' 같은 것에서 떼어놓아야 한다"라는 것을 깨달았다고 합니다.° 그의 말에 따르면, 공부를 무언가를 위한 수단으로 방편으로 간주하면 안 됩니다. '희망' 때문에 하는 공부는 '절망'에 너무 취약하기 때문이랍니다. 나아가 그는 희망과 결별한 공부, 희망을 말하지 않는 삶을 이야기하면서, 노들야학의 불수레반 (중등반) 급훈을 소개해줍니다. "어쩔 수 없다"랍니다. 이때의 '어

○ 고병권, 『묵묵』, 돌베개, 2018, 32쪽.

쩔 수 없다'는, 어떻게든 '살아내야' 하기 때문에 그것도 '잘' 살아내야 하기 때문에 외치는 말입니다. '어쩔 수 없다'라는 말을 누군가는 포기할 때 내뱉지만, 누군가는 결코 포기할 수 없을 때 내뱉는다는 것이었습니다.

아주 오래전이었습니다. 고병권 선생을 따라 단 하루, 아니 정확히 말하자면 두어 시간 남짓 노들야학에서 강의를 한 적이 있었습니다. 휠체어를 비롯한 각종 이동보조기구에 의지한 장애인, 이동침대에 눕혀진 장애인, 어눌한 발음으로 알아듣기 힘든 말을 중얼거리는 장애인, 운동장애로 반복적 행동을 계속하는 장애인 등등의 수강생이 강의실에 모여 있었습니다. 그들 중 어느 여성 장애인은 거의 5초마다 한 번씩 오른팔을 머리 위로 치켜드는 무의식적 반복행동을 하며 휠체어에 앉아 있었습니다. 노들야학의 박경석 교장선생님은, 그녀를 우리 학교에서 가장 질문을 많이 하는 학생이라고 제게 소개했습니다. 그와 동시에, 휠체어에 앉은 채로 박경석 선생님은 껄껄 웃었습니다. 휠체어의 그녀는 계속 손을 번쩍번쩍 치켜들며 킥킥 웃고, 옆에 있던 활동보조인도 깔깔거리고 웃었습니다. 돌이켜 생각해보니, 그때가 "저항하는 웃음으로서의 인간의 웃음"○이 울려 퍼지는 순간이었다 싶습니다. 크고 작은 그 웃음소리들이 뒤섞이는 동안,

○ 앙리 베르그송, 『웃음』, 세계사, 1992, 38~62쪽.

아마도 저는 어색한 미소를 지었던 것 같습니다. 그들의 웃음을 흔쾌히 따라할 수 없는 제 자신의 '사회적 경직'을 깨닫는 순간이었습니다.

강의가 끝나고 일주일쯤 지난 뒤, '제일 질문 많은' 그녀의 메모를 전해 받았습니다. 활동보조인이 써주었다는 내용은 대체로 이러했습니다. 난 '초봉이'처럼 살아온 것 같다, 어찌할까, 잠깐씩 생각하다가도 부모님이 하라는 대로 주위 사람들이 하라는 대로, 그 모든 말이 날 위해서라니까, 이렇게 살아온 것 같다(그날의 강의 주제는 채만식의 『탁류』였습니다). 그녀는 탁류에 휩쓸린, 1930년대 식민지 조선의 여성 이야기에 자신의 삶을 비추어 보았던 것입니다. 자신의 삶을 전해주는 그 메모로부터 저는 교수자로서의 삶을 질문받았습니다. 수강생들은 온몸으로 강의를 듣고, 그로부터 자기 삶을 바꾸어나가는데 나는 그럼 무엇을 하는 것인가. 이 강의는 내 삶을 어떻게 바꾸는가. 도대체 가르친다는 것은 무엇인가. 그 질문들은 아주 오랫동안 제게 화두로 남아 있었고, 지금도 여전한 질문입니다. 아니, 제가 앞으로도 평생 품고 있을 질문이기도 합니다.

삶의 질문을 만드는 사람들, 어쩔 수 없다는 마음을 품고 사는 사람들. 두어 시간 남짓, 제가 겪은 그 한 조각의 시간으로 감히 노들야학이나 장애인의 삶을 운운하자는 것은 아닙니다. 무언가를 간절히 바라고 이루기를 열망하는 그것을 부정하자는 것도 아닙니다. '희망'을 다르게 생각하고, 다르게 말하고, 그래서 다르게 살아가는 『토지』의 사람들과 노들야학의 사람들을 주목해보자는 것입니다. 그들은 식민지이든 신체·정신·환경 그 무엇이든 나를 가로막는 장애 앞에서 자신의 삶을 밀고 가는 사람들이었습니다. 조선인이기 때문에 그 삶의 뿌리를 송두리째 옮겨 살 것을 강요당하는 식(植)_민(民)의 문턱, 장애인이라는 이유만으로 삶의 조건을 제한하는 문턱 앞에서 희망의 존재를, 그 실현 여부를 생각하지 않았습니다. 아니, 애초부터 희망을 떠올리지도 않았습니다.

『어둠 속의 희망(Hope in the Dark)』이라는 책을 쓴 리베카 솔닛 또한 '희망'에 대해 이렇게 말했습니다.° 희망은 낙관주의도 비관주의도 아니며 그 둘 사이에 존재한다고 말입니다. 그 때문에 희망은 늘 위태롭다 합니다. 그녀는 우리는 모든 것이 좋아지리라는 전망을 가지는 게 아니라, 우리가 하는 행동이 '차이를 만든다'라는 사실을 알고 그렇게 행동해야 하며, 바로 그것이 희망이라고 강조합니다. 그리고 그런 행동을 가시적으로 보여주는 '추(진자)의 운동'을 거론합니다. 샌프란시스코 과학관에 있는 높이 매달린 추는 지구의 움직임에 따라 왕복운동을 한다 합니다. 그 끊임없는 반복 속에서, 그러나 추는 매번 새로운 지점을 지나

○ 안희경, 『어크로스 페미니즘』, 글항아리, 2017, 65~71쪽.

가고 있다는군요. 이것이야말로 고단한 반복 속에서 역사를 밀고 나가는 희망의 모습, 우리가 역사를 옮겨가는 모습이라는 겁니다.

새로운 꿈으로서 희망을 '상상'하기에 앞서 지금 여기를 살아가는 '실천'을 행하는 사람들. 그들의 말을 다시 따라 해봅니다.

"무슨 일이 될 거라 그런 생각 해본 일이 없고, 또 안 될 거라는 생각도 해본 일이 없소이다."

"그러하니, 어쩔 수 없다!!"

"어중간히 눈 밝은 자들이 큰일이라. 결국은 순결한
마음 순박한 열정만이 저어 수만 리 장천을 나는 철새
처럼 목적한 곳에 당도할 수 있는 게요."

7권 274쪽

철새처럼,
매일매일 연습

『토지』에는 '철새'의 풍경이 꽤 여러 번 나옵니다. 그리고 그 모습이 대단히 각별합니다. "날아가는 철새만 보아도 눈물이 난단 말시. 저놈들은 사람보다 지혜가 있고 죄 없는 놈, 장하다는 생각이 들지라. 철 따라서 수만 리 장천을 그 연약한 날개 하나로, 찢어져도 제 갈 길을 간께로. 사람이 저저이 가야 할 길을 간단가? 얼굴을 치켜들고서 그것들이 날아가는 하늘을 보고 있노라면 눈물이 절로 흐르들 않았소? 잘 가더라고 철새야, 어서어서 가서 날개 접고 쉬더라고." 10권 66쪽

"힘찬 날갯짓, 날개 하나로 수만 리 창공을 오직 인내와 지혜로써 나는 새, 그 힘찬 날갯소리가 귓가에 울려오는 것만 같다. 산삼 타령만 하고 있는, 인생을 거의 다 살아버린 두 늙은이, 오히려 일사불란 나는 데 모든 것을 바치는 철새에 비하여 인간이

미물인 것만 같이 느껴진다." **12권 97쪽**

박경리 선생이 철새와 마주쳤다는 실제 장면도 이와 비슷합니다. "연대 원주캠퍼스에 호수가 있어요. 수위 말씀이 밤에 천둥치는 소리가 나서 나가봤더니—얼음이 얼 땐데 철새들이 많이 오거든요. 철새들이 도중에 묵었다가 남쪽으로 날아가는데 되도록 여기서 더 묵으려고. 호수가 다 얼어버리면 먹거리를 못 찾거든요—그 밤에 새들이 날개로 얼음이 얼지 않게 변두리를 친다는 거예요. 그 소리가 천둥소리 같다. 그 소리를 듣고 내가 첫마디 한 소리가 '참 살기 힘들다'. 그다음 날 현장에 가보니까 아닌 게 아니라 복판에 동그랗게 물이 얼지 않고 얼음바닥에 새들이 쫙 앉아 있어요. 그처럼 산다는 것이, 생명이 산다는 게 다 힘들어요."° 연약한 날개 하나로 수만 리를 날아가는 철새. 가야 할 길이라는 그 마음 하나뿐인 철새. 겨울 호수가 얼어붙지 못하도록 밤새 날갯짓하는 철새. 이 순결한 마음과 순박한 열정이, 마침내 그들을 수만 리 떨어진, 아득해 보이는, 불가능해 보이는 목적지에 다다르게 했습니다. 이들에 비하면 실로 인간이 미물임에 분명합니다. 또 눈 밝다고 으스대는 자들이야말로 어리석은 미물 중의 미물입니다.

이들로부터 '습(習)'이란 글자가 비롯된 것은 그래서인가 봅니

○ 2004년 9월 마산 MBC 특집 프로그램 대담에서.

다. 학습이란 말에서, '학(學)'은 배우는 것, '습(習)'은 익히는 것을 의미합니다. 이때 '습(習)'은 새가 스스로 날갯짓을 하듯 몸에 새겨 익힌다는 뜻이니, 그 날갯짓을 멈추지 않는 순박한 마음과 열정이야말로 배움의 근원이라는 겁니다.

이 배움의 방식은 소위 프로 선수, 전문가 혹은 천재라 할 이들에게도 마찬가지였습니다. 얼마 전 심리학자, 그것도 '야구 심리학자'라는 독특한 전문가의 책을 읽었습니다.° 그중 1991년 프로 구단에 입단해 롯데 자이언츠에서 13년 동안 선수 생활을 했다는 2루수 박정태 선수의 이야기는 대단했습니다. 우선 그의 기록이 어마어마했습니다. 통산 타율 2할9푼6리, 1141안타, 85홈런, 638타점 등등 숫자로 적힌 최고 기록들이 한 페이지 가득했습니다. 프로 2년차이던 1992년에는 43개의 2루타를 날려 시즌 최다 2루타 기록을 세웠고, 총 5회 2루수 부문 골든글러브상을 수상해, 이 부문 최다 수상자 타이틀까지 보유한 최고의 선수, 그야말로 '레전드'가 분명한 선수였습니다.

그런데 그 대단한 선수의 대단한 기록 뒤에 있는 사연이 더 대단했습니다. 프로 입단 3년차에 발목뼈가 산산조각이 나는 부상을 당했답니다. 선수 생활은 고사하고 정상적으로 걸을 수 있을지조차 불확실한 중상을 입었고, 다섯 군데의 대학병원에서 한

○ 김수안, 『레전드는 슬럼프로 만들어진다』, (주)스리체어스, 2017.

결같이 은퇴해야 한다는 판정을 내렸답니다. 부상을 입고 8개월이 지나서야 제대로 걸을 수 있었고, 2년 2개월 동안 모두 여섯 번의 수술을 받았답니다. 그 길고 긴 재활을 거쳐 다시 야구장에 섰답니다. 이 모든 과정이 제게는 상상이 불가능하고 가늠조차 되지 않는 일입니다.

그런데 제 눈길을 잡아끈 것은 그런 대단한 기록과 사연이 아니었습니다. 정말 놀라운 것은, 야구의 전설 같은 그 선수의 목표 의식이었습니다. 그 내용은 대강 이러합니다. 어느 인터뷰에서, 야구에서 이루고 싶은 목표가 뭐냐 하는 질문을 받은 박정태 선수는 이렇게 답했습니다. 내게 특별히 그런 것은 없다. 참으로 이상한 대답입니다. 하늘이 내린 천재여서 저렇게 말하나 싶었습니다. 그냥 방망이 한번 휘두르니 홈런이더라, 세상에서 제일 쉬운 일이 야구였다, 이런 마음인가 싶었습니다. 저는 심드렁해진 채로 계속 책을 읽었습니다. 이어서 그는 야구에서 자기 목표가 없는 이유를 이렇게 설명했습니다.

"저는 '무조건 열심히'입니다. 저는 무조건 열심히 하면 저는 다 된다고 생각합니다. 어떤 결과를 바라고 하는 게 아닙니다. 저한테 목표는 '내가 연습을 얼마나 하겠다' 그게 목표입니다."°
글쎄요. "죽도록 노오력하면 진짜 죽는다"라는 살벌한 농담(?)을

○ 김수안, 『레전드는 슬럼프로 만들어진다』, (주)스리체어스, 130~131쪽.

던지는 요즘 세태에서 보자면, "무조건 열심히"라는 말을 전적으로 긍정하기는 어려울지도 모르겠습니다. 무조건 열심히 하면, 그렇게만 하면 된다는 것, '하면 된다'를 믿기에는 작금의 현실이 녹록잖아 보이기도 합니다. 박정태라는, 타고난 재능이 있는 사람에게나 그렇겠지 하는 생각도 듭니다.

그렇다면 말입니다. '무조건 열심히'라는 말은 일단 접어두고, 결과를 바라지 않는다는 저 말은 어떤가요. 박정태 선수는 시합의 승리도, 타율도, 타점 기록도 자신의 목표가 아니었다고 말합니다. 자신의 궁극적 목표는 오로지 '매일의 연습량 자체'였다고 합니다. 그래서 그 목표만 '무조건 열심히' 실행한 것이었고, 그래서 대단한 선수가 되었고, 최고 기록을 세웠다는 겁니다. 그는 순결한 마음으로 하루하루 연습량을 채우고, 순박한 열정으로 목적지에 도달한 것이었습니다. 쉼 없는 날갯짓으로 수만 리 장천을 날아가는 철새처럼 매일의 연습으로 야구의 '전설'을 만들어낸 것이었습니다.

이제야 "어중간히 눈 밝은 자"가 "큰일"이라고 걱정하는 사람들의 마음이 헤아려지는 듯합니다. 철새들이 날아가는 하늘을 보면, 이제는 저도 절로 눈물이 날 것 같습니다. 날아가는 데 모든 것을 다 바치는 철새, 밤새 천둥소리 같은 날갯짓을 하는 그네들의 마음과 열정을 이제는 좀 알 것도 같습니다.

"뛰지 말고 걸어가면서 계속하자. 일이 보배이니라."

『꿈꾸는 자가 창조한다-박경리의 원주통신』, 나남, 1994, 126쪽

일의
기쁨

　일이 보배다. 이 말 그대로 박경리 선생은 한평생 글 쓰는 '일'을 계속했습니다. 또 선생은, 저 말을 여기저기에 남겨두었습니다. 시에서도 "옛사람이 말하기를 일은 보배다"°라 하고, 소설에서도 '석이네'라는 인물의 입을 빌려 "일이 보배지. 하모 일이 보배고말고"라 합니다. **6권 318쪽**

　'석이네'는 평사리 소작농 '정한조'의 아내이자 아들 '석'과 딸 '순연', '복연'의 엄마입니다. 남편은 '조준구'가 그를 폭도라고 지목한 탓에 아무 증거도 없이 하루아침에 처형당했습니다. 하지만 최참판댁 재산을 가로챈 '조준구'가 평사리에서 주인 노릇

○ 박경리, 「밤」, 『버리고 갈 것만 남아서 참 홀가분하다―박경리 유고 시집』, 마로니에북스, 2008, 44쪽.

을 하며 떵떵거리니 억울함을 하소연할 데도 없습니다. 그 때문에 아비 잃은 아들은 "사시사철 부석 강생이[부엌 강아지]맨치로 남으 물독에 물이나 채워"주는 물지게를 나르고, 그 어미는 품팔이나 삯빨래도 감지덕지하는 처지가 되어버렸습니다. 그뿐 아닙니다. 1년 열두 달 물지게를 지고 나가는 오라비와 드난살이에 눈이 짓무른 어미를 돕겠다고 나선 두 여동생은, 근처 산에서 땔감에 쓸 솔잎을 긁어 오다 산지기에게 잡혀 어린 "볼따구에 피멍이 들도록" 맞는 것도 예사입니다.

이처럼 네 식구가 애면글면 버둥거려보지만, 그들의 살림살이는 시래기죽을 끓여 양푼에 퍼다 놓고 좁은 방 안에 둘러앉는 게 고작입니다. "사는 기이 죽느니보다 나을 기이 없다"라는 '석이네'의 푸념처럼 하루하루 먹고살기가 힘겨울 따름입니다. 그런 '석이네'가 "심장을 가로지르고 가는 찬바람"을 맞으며 그보다 더 찬 얼음물에 빨래를 헹구며 "일이 보배지. 하모 일이 보배고말고"라는 겁니다. 잠시라도 고단함을 잊으려는 말인가 아니면 스스로를 위로하려는 말인가… 선뜻 와닿지 않습니다. 그 차가운 얼음물에서 빨래하는 일이 무에 그리 보배롭다는 걸까요. 게다가 박경리 선생은 왜 그리 자주 "일이 보배다"라고 한 걸까요. 선생의 글쓰기도 얼음물 빨래 못잖게 고되고 힘든 일이라, 그런 말로 당신을 위무하려 했던 것일까요.

'일'에 대한, 더 희한한 말도 있습니다. "노동이 그대를 자유롭게 하리라(Arbeit Macht Frei)."

얼핏 '일이 보배다'라는 말과도 비슷해 보이지만, 이 말은 놀랍게도 아우슈비츠를 비롯한 유대인 강제수용소에 붙어 있던 표어였습니다. 제2차 세계대전을 거치며, 유럽에 살고 있던 약 1100만 명의 유대인들 가운데 절반이 넘는 600만여 명의 유대인이 학살되었다는 그 끔찍한 역사 속의 장소 말입니다. 그곳의 노동은 자유롭기는커녕 형벌 같은 강제 노역이었습니다. 아무 의미도 없는 노동, 아니 인간을 노예처럼 비참한 존재로 몰아가는 노동이었습니다. 그 사실을 감추고자 써 붙인 저 말로 인해 노동의 고통과 부정성은 역설적으로 부각될 뿐이었습니다. 그런데 바로 그 아우슈비츠에서 가까스로 살아 돌아온 프리모 레비는 '일'에 관해 또 다른 말을 해줍니다.

화학자였던 프리모 레비는 아우슈비츠를 벗어난 이후, 전쟁에 대한 에세이와 소설을 여럿 내놓았습니다. 급기야는 전업 작가로 나서며, 첫 장편소설 『멍키스패너(La Chiave a Stella, 1978)』에서 '파우소네'라는 주인공을 등장시킵니다. '파우소네'는 검을 찬 중세 기사처럼 멍키스패너를 허리에 차고, 세계 각지의 현장을 돌아다니면서 기중기, 현수교, 고압선 철탑, 화학 설비, 석유 시추 장비 등 다양한 구조물을 조립하는 노동자입니다. 그의 모든 노동은 무한한 긍정과 찬사로 그려집니다. 심지어 화자이자 필자인 '나'는 이렇게 말합니다.

"만약 운명이 우리에게 선물할 수 있는 개별적이고 경이로운 순간들을 제외하면 자신의 일을 사랑하는 것은(불행히도 그건 소수의 특권이다) 지상의 행복에 구체적으로 가장 훌륭하게 다가가는 것이 된다."°

일을 사랑하는 것이야말로 인간이 누리는 지상의 행복이라는 겁니다. '파우소네'는 그 사랑과 행복을 보여주는 사람입니다. 모든 일은, 그 모두가 자신의 '첫사랑'이었다고까지 말합니다. 일을 할 때마다 누군가와 사랑에 빠지는 첫 순간을 느꼈다는 겁니다.

사랑. 이제껏 경험하지 못했던 격렬한 감정으로 나를 끌고 가, 나를 그 어느 때보다도 생생하게 만들어 주는, 놀라운 사건입니다. 그 때문에 모든 일상이 특별하고 소중한 빛을 발하게 됩니다. 소위 사랑의 마법이 일어나는 것이지요. 그런데 '파우소네'는, 자신의 모든 '일'이 그러했고 더군다나 첫사랑이랍니다. 새롭다 못해 낯설고, 신비롭게 여겨지는 사랑의 첫 경험 말입니다. 그 첫사랑이 주는 기쁨과 삶의 확신을 '일'에서 느꼈다는군요.

이 기쁨과 삶의 긍정이 '파우소네' 아니, 프리모 레비가 말하는 '일'의 의미입니다. 이 보배로운 일을, 나치의 수용소는 악랄하게 이용했습니다. 또 자본의 이익만을 바라보는 사람들은 교

○ 프리모 레비, 『멍키스패너』, 돌베개, 2013, 120~121쪽.

활하게 포장하기도 했습니다. 그래서 지금의 우리들은 '일을 통해 자아를 실현한다'라는 말이 자본주의의 환상이자, 노동자를 착취하기 위해 사용하는 거짓말이라고 생각하기도 합니다. 직장 따위에, 일 따위에 의미를 두지 말자고 다짐하기도 합니다. 그렇지 않으면 자본의 논리에 휘말려 인간적인 삶을 잃어버리기 십상일 거라 생각하기 때문이지요. 이런 우리들을 위해 레비는 아주 친절한 설명을 덧붙여줍니다.

"직업을 찬양하기 위해 공식적인 의례에서는 교활한 수사학이 동원되는데, 그것은 냉소적으로 칭찬이나 메달이 임금 인상보다 훨씬 비용이 적게 들고 훨씬 더 효율적이라는 고찰을 토대로 한다. 하지만 정반대의 수사학도 존재하는데, 냉소적이지 않지만 엄청나게 멍청한 수사학으로, 직업을 폄하하고, 비천한 것으로 묘사한다. 마치 자기 것이든 다른 사람의 것이든 직업은 단지 유토피아에서뿐만 아니라 지금 여기에도 없어도 되는 것처럼, 그리고 마치 일할 줄 아는 사람은 정의상 하인이며, 반대로 일할 줄 모르거나, 잘못 알거나, 일하지 않으려는 사람은 바로 그렇기 때문에 자유로운 사람인 것처럼 말이다."°

일이 보배라 하던 '석이네'는 온갖 허드렛일을 다 했습니다만 그중 궂은일은 겨울 삯빨래였습니다. 봄여름과 가을에는 이런

○ 프리모 레비, 『멍키스패너』, 돌베개, 2013, 121쪽.

저런 일거리가 많지만, 겨울이 되면 여유 있는 사람들이 내놓는 빨래 말고는 푼돈이라도 벌 길이 없습니다. 그래서 "들판이 잠들고 사람들은 아랫목에 웅크리는 겨울"이라지만, '석이네'에게 '겨울은 빨래품의 계절'일 따름입니다. 삶은 빨래를 들고 얼어붙은 개울가로 가서 빨래 방망이로 얼음을 깨고, 그 시린 물에 빨래를 헹궈냅니다. 김이 무럭무럭 오르는 빨래를 들고 왔건만, 금세 얼음물에 손끝이 저리다 못해 벌겋게 얼어가고 발도 얼어붙습니다.

고통스럽기 짝이 없는 그 일이 그러나 '석이네'의 가장 중요한 일과 맞닿아 있습니다. 온 힘을 다해 자식들과 살아가는, 그 중요한 일 말입니다. 그래서 홀어미 '석이네'는 자식들을 위하는 그 마음으로 기꺼이 일하고, 어미로서 살아가게 해주는 그 일이 보배롭습니다. 세계 곳곳을 돌아다니며 첫사랑을 만나는 열정을 느꼈던 '파우소네'에 비하자면, 어쩌면 '석이네'의 일은 먹고살기 위해 그저 견디고 참는 것처럼 보이기도 합니다. 그러나 내 삶의 의미를 지켜주는 그 일을 소중히 여겼다는 점에서 그들은 닮아 있습니다. '파우소네'도 '석이네'도 그리고 프리모 레비와 박경리 선생도 모두 자신이 하는 일을 사랑하고, 일이 자신의 삶 자체이면서 존재의 의미였던 사람들입니다. '일'로써 나와 내 삶을 긍정하고, 그렇게 살아가는 사람들이었습니다.

박경리 선생의 말은 그래서 또다시 마음에 스며듭니다.

내 육신 속의 능동성은

외친다 자꾸 외친다

일을 달라고

세상의 게으름뱅이들

놀고먹는 족속들

생각하라

육신이 녹슬고 마음이 녹슬고

폐물이 되어간다는 것을

생명은 오로지 능동성의 활동으로 존재한다는 것을 잊지 말

아야 할 것이다

옛사람이 말하기를 일은 보배다

밤은 깊어가고

밤소리가 귀에 쟁쟁 울린다

— 박경리,「밤」

"안 하는 것은 쉽고 하는 것이 어려워."

11권 296쪽

하는 것과
안 하는 것

'지행합일(知行合一)'로 널리 알려진 양명학은 앎과 삶을 일치시키는 것을 특히 강조합니다. 어느 날, 양명 선생의 제자 서애 선생이 스승에게 물었답니다. 부모에게는 마땅히 효도해야 하고 형에게는 마땅히 공손해야 한다는 것을 다 알고 있는 사람이 효도하지 못하고 공손하지 못합니다. 이렇듯 알고도 행하지 못하는 것은 무엇입니까. 그에 대해 양명선생은 이렇게 답했답니다. 아무개가 효도를 알고 아무개가 공손함을 안다고 말한다 할지라도, 그들이 효도를 행하고 공손함을 행해야만 비로소 그들이 효도와 공손함을 안다고 말할 수 있다. 단지 효도와 공손함에 대해 말할 줄 안다고 해서 그것들을 안다고 말할 수 없다.° 효(孝)를 안

○ 문성환, 『전습록, 앎은 삶이다』, 북드라망, 2012, 119~121쪽.

다는 것이, 글자를 익히고 뜻을 학습하는 게 아니라는 것이지요. 효를 행할 때 비로소 효를 안다고 말할 수 있고, 효를 실천하는 사람이 효를 아는 사람이라는 겁니다.

따라서 '아는 것'과 '하는 것'은 결코 다르지 않습니다. 이것이 '지행합일'의 참뜻일 겁니다. 그런데 저는 뭔가 석연치 않습니다. 맞는 말이며 옳은 말이지만, 그럼에도 현실과 이상은 다르다는 생각이 자꾸 들기 때문입니다. 이런 제게, 왕양명의 삶과 철학을 전해주는 문성환 선생은 다시 찬찬히 설명해줍니다.

그는 어느 환자의 이야기를 해줍니다. 그 환자는 담배를 반드시 끊어야 한다는 의사의 강력한 권고를 들었습니다. 그런데 그는 아픈 것도 힘들지만 금연도 힘들다 합니다. 심지어 자기 상태가 조금 나아진 듯하자 몰래 담배 한 개비를 피우기도 합니다. 그런 자신을 나무라는 가족들에게, 나도 끊어야 하는 걸 아는데 그게 잘 안 되니 괴롭다 합니다. 아는데도 안 된다며 자책 겸 변명을 늘어놓는 겁니다. 문성환 선생은, 이 상황에 대해 '지행합일'을 다시 따져보자 합니다. 그에 따르면, 담배를 끊지 못하는 그 환자는 담배를 끊어야 하는 것을 알긴 알지만 그렇게 하지 못한 게 아니라고 합니다. 아는데도 안 되는 상황, 원래 이런 건 없다고 딱 잘라 말합니다. 오히려 그 환자의 앎은 정확히 그의 행위와 일치한다고 설명합니다. 즉 그는 지금 현재 자신이 담배를 한 개비 더 피운다고 해서 피우는 즉시 바로 죽지 않는다는 것을, 그 사실을 알고 있는 사람이라 합니다. 그러하니 그는 자신이 알고 있는 그대로, 담배를 하나쯤 피울 수 있다는 거지요. 이런 의미에서 그는 바로 완벽한 지행합일자(知行合一者)입니다.°

아는데도 안 된다는 그 사람이 바로 완벽한 '지행합일자'라니, 피식 웃음이 나오면서도 정신이 번쩍 드는 기분입니다. 시쳇말로 '타골장인'°°의 말이다 싶습니다. "잘라라, 기도하는 그 손을"이라는, 가히 도발적인 제목을 단 책의 저자 사사키 아타루 또한 이렇게 말합니다.

"'아니, 그런 줄 알고 하고 있다'라는 등의 변명을 듣는 건 이제 지긋지긋합니다. 읽어버렸다면, 틀리지 않았다고 생각된다면, 그렇게 살지 않으면 안 됩니다. 그런 줄 알고 있다니요. 알고 있는 게 아닙니다. 사실은 모르고 있으니까 그렇게 살 수 없는 겁니다."°°°

그러고 나서 또 이렇게 자신의 경험도 풀어놓습니다. "그[니체]의 책을 읽었다기보다 읽고 말았습니다. 읽고 만 이상, 거기에 그렇게 쓰여 있는 이상, 그 한 행이 아무래도 옳다고밖에 생각되

○ 문성환, 『전습록, 앎은 삶이다』, 북드라망, 2012, 127쪽.
○○ 직역하면 뼈 때리는 장인이라는 뜻이지만, 실제로는 신랄한 표현으로 정곡을 찌르는 말을 능숙하게 하는 사람을 일컫는 유행어이다.
○○○ 사사키 아타루, 『잘라라, 기도하는 그 손을-책과 혁명에 관한 닷새 밤의 기록』, 자음과모음, 2013, 247쪽.

지 않은 이상, 그 문구가 하얀 표면에 반짝반짝 검게 빛나 보이고 만 이상, 그 말에 이끌려 살아갈 수밖에 없습니다. 그 한 행의 검은 글자, 그 빛에."○

그렇습니다. "잘라라, 기도하는 그 손을"이라는 도발적 문구는, 그저 기도만 하는, 생각만 하는 그런 태도를 강하게 비판하는 말이었습니다. 책을 읽는 일 또한 자신의 삶을 바꾸는 일로 이어져야 하며, 그것이야말로 책을 읽고 난 후의 가히 혁명과도 같은 놀라운 변화라고 일깨워줍니다. 그리고 그 놀라운 변화 때문에, 앎과 삶을 일치시켜야 하기 때문에 안 하는 것은 쉽고 하는 것이 어렵습니다.

"안 하는 것은 쉽고 하는 것이 어려워." 이는 『토지』의 주인공 '서희'가 아들 '환국'에게 한 말입니다. 저 말이 던져진 즈음은 실제로 사회조직의 해산과 검거가 이어지며, 가혹한 식민 지배 방식이 자행되던 시대였습니다. 조선에 있던 '계명회'(사회주의 독서 모임) 회원들이 모두 구속되고, 간도에 있던 '길상'도 '계명회'에 연루되었다 해서 체포됩니다. 경성으로 압송되어 2년형을 구형받았습니다. 그런 '길상'을 '서희'가 면회하고 나오니, 중학 졸업반이던 아들 '환국'이 집 앞에서 기다리고 있습니다. 아직 어리다 하여 '서희' 혼자 면회를 갔고, 그래서 조바심이 난 아들은

○ 사사키 아타루, 『잘라라, 기도하는 그 손을』, 자음과모음, 2013, 36쪽.

하교 시간을 채 기다리지 못하고 조퇴를 한 것이었습니다. 울먹
거리는 아들을 쓰다듬으며 기죽지 말라, 하니 아들은 제법 묵직
하게 응수합니다. "아버님을 걱정할 뿐입니다. 일본제국을 증오
하구요. 무엇 때문에 기가 죽습니까"라고.

그런 아들을 대견함과 걱정스러움이 섞인 눈빛으로 바라보던
어미는 다시 아들을 다독거립니다. "그래 넌 아버님 아들이구 내
아들이다. 그러나 무모하게 칼을 뽑으면 안 되느니라. 개죽음은
우리의 손실이고 그들의 이득이 된다." 그러니 부디 마음을 굳게
다잡고 내년 진학(와세다 대학 법과)을 준비하라 합니다. 그런데 이
번에는 아들이 아무 말이 없습니다. 말없이 방바닥만 바라보는
아들에게 어미는 말합니다.

"너의 입에서 공부는 해서 뭘 하겠느냐 그런 말이 안 나오길
바란다. 안 하는 것은 쉽고 하는 것이 어려워. 사내는 어려운 길
을 택해야 할 것이다." 11권 296쪽

아마 '환국'은 그러했을 겁니다. 아버지가, 사람들이 끌려가
고, 식민지가 점점 더 옥죄어오는 상황입니다. 혼자 안온하게 공
부한다는 괴로움도 있을 터이고, 더구나 그 공부가 아버지의 적
이자 조선의 압제자인 일본에서 행해질 거라 하니 더 싫었을 겁
니다. 그러나 어머니는 말합니다. 어렵지만 '하는 것'을 택하라
고. 어쩌면 '환국'이 생각했던 공부는, 책을 보고 지식을 익히고
취직을 하는 등등의 범주에 속하는 그런 일이었을 겁니다. 그러

나 '서희'가, 박경리 선생이 우리에게 전해주고자 하는 공부는 그와는 다른 것이었습니다.

식민지 청년이 공부한다는 것은 무엇을 알고 무엇을 행하는 일이란 말입니까. 조선이 독립해야 한다는 걸 '알긴 알지만' 행하기는 어렵다 혹은 그렇게 할 수 없는 현실이다, 라는 것이 될는지, 아니면 자신의 공부로부터 앎을 구하고 그 앎으로부터 조선과 자기 삶을 이끌 실천을 행하는 것이 될는지요. 그래서 '하는 것'이 실로 어려운 것이었나 봅니다. 그 어려움을 행하라고, 아들에게 말하는 어미였습니다.

쉽고도 어려운 저 말, 다시 한번 중얼거려봅니다. "안 하는 것은 쉽고 하는 것은 어려워."

그리고 제 자신에게도 물어봅니다. 너는 지금 무엇을 알고 무엇을 하고 있는지, 또 앞으로 무엇을 알고 싶으며 그래서 무엇을 하고 싶은지 말입니다.

"사시장철 갠 날만 있다믄 그기이 어디 극락이겠나."

4권 316쪽

눈비 오고
바람 부는, 인생

어느 그림책 작가가 그러더군요. 빛을 그리려면 그림자를 더 분명하게 그려야 한다. 처음에는 무슨 말인가 했습니다. 곰곰 생각해보니 그랬습니다. 그림자 덕분에 빛이 보이는구나, 빛이 느껴지는구나 싶었습니다. 박경리 선생도 그랬습니다. 어둠이 있기 때문에 밝음을 인식한다고.

"가령 말하자면 우리가 어둠이 있기 때문에 밝음을 인식하거든요. 세상이 밤낮 어둡기만 하면 밝은 것을 인식 못하잖아요. 또 밝음 속에 항상 있다면 어둠을 모르죠."○

이는 『토지』 전체, 아니 선생의 삶 전체를 꿰뚫는 생각인 듯합니다. 선생은 또, 어둠과 밝음의 그 관계처럼 행과 불행도 그렇

○ 2004년 9월 마산 MBC 특집 프로그램 대담에서.

다고 말합니다.

"사람들은 수월하게 행과 불행을 얘기한다. 어떤 사람은 나를 불행하다 하고 어떤 사람은 나를 행복하다 한다. 전자의 경우는 여자의 운명을 두고 한 말이겠고 후자의 경우는 명리(名利)를 두고 한 말이 아니었나 싶다. 혹은 잡사(雜事)에서 손을 떼고 일에 전념하는 것을 두고 한 말인지 모르겠다. 그들 각도에서 본 행, 불행에는 각기 타당성이 없는 것은 아니다. 그러나 때론 노여움을, 때론 모멸감을 느끼며 그런 말을 듣곤 한다. 애매모호하기 때문이다. 무궁무진한 인생의 심층을 상식으로 가려버리려는 짓이 비겁하기 때문이다. 그렇게 분류되는 불행, 그렇게 가치 지어지는 행복이라면 실상 그 어느 것과도 나와는 별 인연이 있을성싶지 않았다. 분명 환난을 겪는 욥에게는 행복의 비밀이 있었을 것이기 때문이다. / 이상이 『토지』 제1부를 쓰던 3년 동안의 내 심경이며 그것을 적어본 것이다."°

선생이 말한 "환난을 겪는 욥"은 구약성경에 나오는 인물입니다. 그는 고난의 대명사 같은 사람으로, 세상 모든 근심과 고통을 겪었습니다. 그러나 본디 욥은 언제 어디서라도 정직하며, 자기 잘못을 세세히 돌아보며, 주위 사람들의 잘못까지 신에게 용서를 비는 '완벽한 인간'이었습니다. 또 일곱 아들과 세 딸을 둔

○ 1973년 6월 3일 밤, 「자서(自序)」, 『토지』 1권, 마로니에북스, 2008, 11~12쪽.

다복한 가장이자, 내로라하는 부자이기도 했습니다. 이런 욥이 얼마나 대단한지, 이스라엘의 신 야훼는 사탄에게 자랑합니다. "네가 내 종 욥을 주의하여 보았느냐? 그와 같이 온전하고 정직하여 하나님을 경외하며 악에서 떠난 자는 세상에 없느니라"(「욥기」 1:8)라고 말입니다.

사탄은 원래 신과 대적하려 들며 그래서 신에게 순종하는 인간을 시험하는 존재라는군요. 특히 「욥기」에서는 사탄이 종종 신들의 모임에 나타나 야훼에게 반박하고, 인간을 유혹해 자신의 말을 증명하려 하는 모습이 나옵니다. 그런 사탄이 '욥'을 폄하합니다. '욥'은 대단한 부자이며 열 명이나 되는 훌륭한 자식이 있으니, 자기 행복에 취해 신을 찬양할 수밖에 없다고 말입니다. 이후 야훼는 사탄에게 욥의 세속적인 복을 없애보라 했고, 그래서 욥은 모든 재산을 다 잃고, 열 명이나 되는 자녀들도 사고로 모두 죽습니다. 심지어 나중에는 악성종기가 퍼진 몸을 질그릇으로 긁어대는 부랑자 신세로 전락합니다. 성경에서 "환난을 겪는 욥"은 그럼에도 불구하고 야훼에 대한 믿음을 지켜, 이전보다 더 많은 복을 누렸다는 결말로 마무리됩니다. 그의 굳건한 신앙은 다시 일곱 아들과 세 딸을 두고, 140년을 살며 4대손을 볼 때까지 오래오래 살다가 늙어 죽는 복을 누리게 만들어주었다는 겁니다.

그런데 욥의 이야기에서 가장 놀라운 것은 가혹한 고통을 겪는 그의 태도였습니다. 고통을 아무 이유 없이, 그야말로 '당하는' 것임에도 불구하고 그는 그것을 받아들입니다. 욥은 "우리가 하나님에게서 복을 받았는데, 재앙은 어찌 거절하냐"라고 그랬다는군요. 체념이 아닌 의지와 확신을 드러내면서 말입니다. 혹시 이것이 박경리 선생이 말한 "행복의 비밀"이라면, 이건 종교의 힘이 충만한 욥과 같은 사람이거나, 박경리 선생처럼 대가의 경지에 이른 사람에게나 가능한 일이지 않나 싶기도 합니다. 특정 신앙도 없고, 그저 그렇게 사는 사람이라면 차라리 큰 복도 큰 재앙도 없이, 가늘고 길게 사는 것만이 최선이지 않나 하는, 우스꽝스러운 생각마저 들었습니다.

이런 제게, 어느 철학자는 성경이나 박경리 선생의 말씀과는 다르면서도 비슷한 이야기를 해주었습니다. 중병을 선고받고 나서 13개월 동안 거의 매일 썼다는 김진영 선생의 '애도일기'였습니다. 임종 3일 전까지 남겨진 234개의 글은 때로는 한두 줄 남짓인 경우도 있지만, 갈피갈피 스민 선생의 마음이 진솔하게 전해지는 책이었습니다. 선생은 '작가의 말'에서 "이 기록은 오로지 나만을 위해 써진 사적인 글들이니, 때문에 책의 자격이 없다"라고 합니다. 하지만 "한 개체의 내면 특히 그 개인성이 위기에 처한 상황 속 개인의 내면은 또한 객관성의 영역과 필연적으로 겹치기도 하는 것이 아닐까"라고 하기도 합니다.° 그래서인가요. 하루하루, 매 순간을 엄중하게 보내는 선생의 글이 제게 커다란 울림으로 다가왔습니다.

그중 하나는 선생이 요양차 찾아갔던 축령산 휴양림에서 쓴 글이었습니다. 깊은 계곡에서 며칠을 묵게 되었는데, 자는 내내 계곡물 소리가 가득 들렸다는군요. 꿈에서도 줄기차게 비가 내린다고 여길 정도였답니다. 그런데 한여름인데도, 풀숲이 우거져 있는데도 불구하고, 날벌레가 없더랍니다. 문을 열고 자는데도 모기에 단 한 번도 물리지 않았다는군요. 쉴 새 없이 흐르는 물 덕분이었습니다. 그 이후에 선생은 이렇게 말합니다.

"흐른다는 건 덧없이 사라진다는 것, 그러나 흐르는 것만이 살아 있다." 나아가 그렇게 "흘러가는 '동안'의 시간들. 그것이 생의 총량"이며, "그 흐름을 따라서 마음 놓고 떠내려가는 일—그것이 그토록 찾아 헤매었던 자유"였다고 합니다.°°

환난을 겪는 욥. 그는 길흉화복이 함께 존재한다는 것을, 그것이 신의 뜻임을 받아들인 자였습니다. 그리고 욥을 떠올리며 밝음과 어둠, 행/불행을 분별하지 않는 박경리 선생의 생(生)은 분명 끊임없이 흘러가는 '동안'의 시간. 살아 있는 자유의 시간들이었을 겁니다. 26년, 소설 『토지』가 쓰인, 그 오랜 시간은 작품이 만들어진 시간이라기보다는, 그 자체가 선생의 삶이었습니

○ 김진영, 『아침의 피아노』, 한겨레출판, 2018, 281쪽.
○○ 김진영, 『아침의 피아노』, 한겨레출판, 2018, 50~51쪽.

다. 고통은 고통대로, 밝음은 밝음대로, 어둠은 어둠대로 그 모든 것이 함께 흘러가는 삶 말입니다. 그러하니 사시장철 갠 날만 있다면 그것이 어찌 극락이겠냐는 『토지』속 윤보의 저 말은, 어리석은 우리들을 가르치는 박경리 선생의 목소리인가 봅니다. 다시 찬찬히 그 말을 좇아가 봅니다.

"사람우 사는 이치가 이러저러하고 여사여사하다고 글쟁이들은 말도 많더라마는, 날씨도 갠 날 흐린 날 눈비 오고 바람 불고 노성벽력 치고 하듯이 사람우 살아가는 펭생도 그 같은 거 아니겠나. 〔중략〕 사시장철 갠 날만 있다믄 그기이 어디 극락이겠나. 산천초목도 사람도 다 말라 죽어부리는 지옥이지 머겄노 말이다. 그러니 비 오고 바람 불고 눈 오는 그기이 땅을 다스리는 하느님의 이치이듯이 사람으 경우도 매한가지 이치일 기니…" 4권
316쪽

"잘난 사람은 일 못한다. 답답한 사람이 우물 파는
게야."

9권 394쪽

세상없는
바보들이…

독립운동 자금을 전하러 만주로 찾아온 '한복'에게 '길상'이 건넨 말입니다. 애초 '한복'이가 자발적으로 거사를 결심한 건 아니었습니다. 그의 친형이 일본 순사부장이니 방패막이가 되리라 판단한 사람들이 그를 독립운동으로 끌어들였기 때문이었습니다. '한복'이도 그래야 매국노인 형에 대한 죄 갚음이 되리라 싶어 그들의 제안을 받아들였습니다. 이런 사정으로 근근이 농사짓고 살던 사내가 창졸간에 만주로 향하게 되었습니다. 만주 땅에서 그는 독립운동가들을 만납니다. 넘치는 열정과 지극한 의지를 지닌 이들을 마주한 후, '한복'이는 흐느끼듯 자학합니다. "형은 잘나서 이 일〔일본의 밀정〕을 하지만 나는 대역무도한 형을 둔 기막힌 처지 때문에 분복에 넘는 애국자가 되었구마요"라고 말입니다.

'강쇠'도 어느 날 이렇게 한탄합니다. "제기랄! 잘난 놈들이나 할 일이제. 잘난 놈들 새이고 새있는데 와 우리 겉은 놈들이 맨 앞자리에 나서야 하노 말이다. 이런다고 백정이, 갖바치가 영웅호걸 될 기가. 흥, 우리 생전에 회포할 것 겉지도 않는 일을." 14권 470쪽

그는 지리산에서 숯 굽던 사팔뜨기 천민이었습니다. 동학당에 뛰어들었다가, 의병활동까지 몸과 마음을 다해 열심인 사람입니다. 그런 그가, 비록 술 한잔 걸친 김에 내뱉은 말이긴 합니다만, 허투루 뱉은 말이라 할 수는 없습니다. 그렇습니다. 이리 잘나고 저리 잘난 사람들이 많고도 많은데, 입에 풀칠하기도 바쁜 '한복'이가, 사팔뜨기 '강쇠'가 독립운동을 한답니다. '강쇠'의 말마따나 살아생전에 회포를 풀, 해방의 그날이 올 것 같지도 않은데, '영웅호걸'이 된다는 보장도 없는데 말입니다. 그러니 못났다고, 그러니 바보라고 비웃음을 사는 게 마땅할지도 모르겠습니다.

일본 순사부장 자리에 오른 조선인, '한복'의 형 '김두수'는 이렇게 말합니다. "손끝에 불을 켜고 하늘로 올라갔음 갔지 조선이 독립을 해? 그 희망은 죽은 나무에 꽃피기를 기다리는 것보다 허망한 게야. 왜놈 밑에서 못 살겠다 한다면 모를까 독립을 쟁취하자, 그건 잠꼬대나 매한가지"라고 말입니다. 15권 321쪽

비단 소설 속에서만 그런 건 아니었습니다. 1948년 '반민족행

위특별조사위원회'에서 친일 행적을 심문하자 "이렇게 해방이 빨리 올 줄 알았나" "해방이 안 올 줄 알았지! 해방이 올 줄 알았으면 내가 그랬겠나'라고 말한 사람도 있다지요. 어디 그뿐이겠습니까. 개화의 선구자라는 윤치호는 "물지 않으려거든 짖지도 마라"면서 결국 일제와 타협해 그들과 함께해야만 우리가 발전할 수 있다 했습니다. 이광수를 비롯해 친일로 돌아섰던 많은 이들 또한 "민족을 위해서" 그랬다고 스스로를 변명했습니다.

그들의 눈을 빌리자면 '한복'이나 '강쇠'는 바보임에 분명합니다. 판세를 읽을 줄 모르고, 강약을 구별할 줄 모르고, 앞뒤 따져볼 줄 모르고, 결과를 예측할 줄 모르는, 그런 바보입니다. 그런데 박경리 선생은 '길상'의 입을 빌려, 잘난 사람은 일 못한답니다. '강쇠'의 입을 빌려, 그 많고 많은 잘난 사람들은 일을 안 한다 합니다. 바보이니 그런 일을 하고, 바보라서 그렇게 사는 건가 싶습니다. 그런데 해방 이후에는 이런 바보도 나타났습니다. 스스로 나는 바보다, 라고 선언하면서 '바보회'를 만들었던 노동운동가 전태일입니다.

"전태일의 설명은 이러하였다. 우리는 당당하게 인간적인 대접을 받으며 살 권리가 엄연히 있는데도 불구하고, 여태껏 기계 취급을 받으며 업주들에게 부당한 학대를 받으면서도 바보처럼 찍소리 한 번 못하고 살아왔다. 그러니 우리 재단사들의 모임은 바보들의 모임이다. (중략) 재단사 모임을 시작하면서 그는 나이가 든 선배 재단사들을 찾아다니며 협조를 청하였는데 그들은 한결같이 '그건 이루어질 수 없는 일이다. 뭘 안다고 너희가 그런 엄청난 일을 벌이려 하느냐?'라고 막으면서 노동운동을 하겠다고 설치는 놈은 '바보'라고 하더라는 것이었다. 〔중략〕 '좋다, 우리는 바보다!' 하는 어떤 법열(法悅)과도 같은 감동과 연대감이 각자의 가슴속 깊이에서 뜨겁게 응어리져 올라와 소리 없는 함성으로 그 자리를 메아리쳤던 것이다. 이제 그들은 '바보'로 살아오다가 또 다른 뜻의 '바보'로 새 출발을 한 것이다."○

전태일의 삶을 전해주는 조영래 변호사는 우리에게 묻습니다. "누가 바보이며 누가 바보가 아닌가?"라고 묻습니다. 그리고 세상 사람들의 부러움을 한 몸에 받으면서 안온하게 살아가는 '똑똑한 사람', '약은 사람', '현명한 사람'은 누구인지, 어떤 사람들인지도 묻습니다.

현실과 이상은 다릅니다. 누구나 그 차이를, 그 거리를 압니다. 그런데 똑똑한 사람, 현명한 사람 아니 대부분의 사람은 그 거리를 당연하게 여깁니다. 생각과 행동은 다르고, 믿음과 현실은 다르다는 것이 당연하다 못해 자명한 '사실'이라 합니다. 원래 세상은 그렇다고 말하기 일쑤입니다. 더 나은 현실을 꿈꾸는 것은 언제나 생각일 뿐이고, 그 이상의 실현은 끝없이 지연되는

○ 조영래, 『전태일 평전』, 전태일기념사업회, 2009, 155~156쪽.

미래의 일일 뿐이라고 합니다.

그런데 전태일과 그의 친구들은 현실의 꿈을 행동으로 옮기고, 이상과 현실을 일치시키려 노력합니다. 우리는 바보다, 라고 스스로 선언하면서 말이지요. 이들의 선언은 조영래 변호사의 말처럼 스스로를 비웃는 자조의 소리가 아니라 자신들이 가려고 하는 길에 대한 강렬한 자기 확신의 표현이었습니다. 내가 옳다고 믿으니 그 믿은 바를 행하는 것뿐이라 합니다. 내가 바라는 바를 현실에서 이루고자 노력합니다. 그 이후의 결과를 예측하려 들지 않습니다. 그래서 그들은 우리에게 어느 자리에 서서 현실을 바라볼 것인지 묻습니다.

"오늘의 현실이 절대로 변화될 수 없는 영구불변한 현실이라는 미신에 사로잡혀 있는 '약은' 자들이 참된 현실주의자는 아니다. 체념하고 굴종하는 사람이 현명한 사람일 수는 없다. 삭막한 겨울 벌판의 나무둥치 속에서 내일 화사하게 피어날 꽃잎을 바라보고 오늘의 꿈이 내일의 현실이 될 수 있게 하기 위하여 고난의 길을 딛고 일어서는 사람이야말로 참된 현실주의자인 것이다."○

유대계 미국인 작가 아이작 싱어가 그려낸 소설 속 바보 '김펠'도 전태일이 다가가려 한 그런 현실에 서 있습니다.○ 그는 이

○ 조영래, 『전태일 평전』, 전태일기념사업회, 2009, 160쪽.
○ 아이작 싱어, 「바보 김펠(Gimpel the Fool)」, 1957.

웃들에게 세상 둘도 없는 바보로 놀림받고 조롱당하고, 그 때문에 독자에게도 세상없을 답답함을 가득 안겨주는 사람입니다. 그의 일상은 남의 거짓말에 속아 넘어가고, 남의 웃음거리가 되고, 남에게 망신당하는 일투성이입니다. 그야말로 동네 바보일 뿐입니다. 그런데 작가는 이런 바보의 입을 빌려, 현실은 이런 거라고 말해줍니다.

"나이 들면 들수록 이 세상에는 거짓말이란 없다는 걸 난 깨닫게 되었어. 지금 당장 현실에서 일어나지 않는 일이라 해도 꿈에서는 일어나는 법이야. 어떤 사람에게는 일어나지 않는 일이 다른 사람에게는 일어나게 마련이고. 오늘 아니면 내일, 혹은 내년이 아니면 백 년 후에 일어나게 되어 있어. 무슨 차이가 있어?"

1904년 폴란드에서 태어난 아이작 싱어는 나치의 유대인 학살을 피해 미국으로 이주해 시민권자가 되었으며, 1978년에는 노벨문학상을 받았습니다. 아이작 싱어가 운 좋게 피했던 참혹한 학살은 실로 어마어마했고, 그 후 '이것이 인간인가'로부터 '신은 있는가'라는 처절한 절규가 울려 퍼졌습니다. 그것은 세상에 대한 원망이자 절망이었고 또 한편으로는 인간에 대한 호소이자 질문이었습니다. 그러나 이들의 절규 앞에서 누군가는 인간의 삶을 성찰했지만, 누군가는 정의와 평화라든가 사랑과 자유라는 말이 현실과 동떨어진, 그야말로 종이 위의 글자에 지나지 않는다고 체념하기도 했습니다. 이상과 현실은 다른 것이며,

그 둘은 절대 합치될 수 없다고, 그것이야말로 현실이라고 말입니다.

아이작 싱어는 미국인으로 활동하고 세계적인 작가로 이름을 떨치면서도 늘 이디시어(Yiddish語: 유대인어)로 창작 활동을 했다 합니다. 굳이 이디시어로 글을 쓰고 나서 영어로 번역하는 과정을 자처한 것이었습니다. 상상하기도 어려운 대학살을 목도했던 그에게 이디시어란 어떤 의미였을까요. 어쩌면 그가 이디시어의 세계를 고집한 것은 그 자체가 우리가 잊어서는 안 될 그 무엇, 지나쳐서는 안 될 그 무엇을 지키는 마음을 표현한다고 여긴 때문이 아닐까요. 그 마음의 한 조각이 세상 둘도 없을 '바보 김펠'이었습니다.

그는 우리에게 묻습니다. 거짓말과 참말, 현실과 이상을 가르는 경계가 무엇이냐고 말입니다. 도대체 우리는 "언제, 왜" 현실과 이상의 경계를 구분하는 것일까요. 드라마의 상상력보다, 영화 속 일상보다 현실 세계의 힘이 더 강력하게 우리를 압도하는 오늘날이라는데, 저와 같은 구분은 언제, 왜 일어나는 것일까요.

'바보 전태일'과 '바보 김펠'은 그러했습니다. 오늘의 꿈이 내일의 현실이 될 수 있다 했고, 오늘 일어나지 않은 일이 내일 혹은 내년 아니면 백 년 후에라도 일어날 수 있다 했습니다. 그래서 그들의 눈앞에는 자신들이 이 일을 할까 말까를 선택하고 결정하는 것만이 존재하고, 그것이 가장 중요합니다. 그들보다는 똑똑하다는 우리는, 현실과 이상의 경계를 구분하는 데 능합니다. 그래서 이 일을 할까 말까 대신 지금 이 일이 될까 안 될까를 구분하려 합니다. 현실과 이상은 다르기 때문에 그러할 수밖에 없다고 하면서 말입니다. 그리하여 종종 내가 하지 '못하는' 이유를 찾는 데 열심입니다. 우리들의 분별력은 나를 합리화하기 위해, 나를 변명하기 위해 작동하는 셈입니다.

중국 남송 시대의 선사 대혜스님은 깨달음을 구하는 자들에게 이렇게 말했다 합니다. "마음보가 똑똑한 자는 도리어 똑똑한 마음보가 장애가 되어 깨달음을 한순에 터트릴 수 없습니다."°

이제야, 왜 잘난 사람은 일을 못하는지 알겠습니다. 아니, 잘난 사람은 일하지 않는다는 것을 알겠습니다. 그리고 나야말로 헛똑똑이였음을 깨닫습니다. 지금 당장의 이익만 꼼꼼히 챙기려 들고, 심지어는 착하다는 말조차 손해가 될까 듣기 꺼려하는 헛똑똑이였던 겁니다. 이런 헛똑똑이들 대신, '한복'이와 '강쇠', '전태일'과 '김펠'이 그리고 이름도 남기지 않은 수많은 바보들이, 우리가 살고 있는 이곳을 만들고 온전히 지켜왔다는 것도, 저는 이제야 알겠습니다.

° 대혜종고, 「서장」, 『선(禪) 스승의 편지』, 도서출판 법공양, 2006, 100쪽.

"인생에 대한 물음, 진실에 대한 물음은 가도 가도 끝이 없어요. 그래서 저도 모르게 끝이 없게 그 물음에 매달리는데 '모른다'라는 그 말만이 확실한 것이죠."

박경리 대담, 「여성동아」, 490호, 2004년 10월.

'모른다'라는
확실한 말

인생과 진실. 어쩌면 이 질문은 인간의 범주를 벗어난 것이라
는 생각도 듭니다. 어느 한 순간 인생의 길을, 진실의 길을 찾았
다 싶어도 이내 찰나의 빛처럼 스러지고, 그야말로 '가도 가도
끝없는' 것처럼 여겨지기 마련이니까요. 그런데도 왜 "끝이 없
게" 질문에 매달리는 걸까요. 두세 번 묻고도 답을 구할 수 없으
면, 포기하든가 혹은 더 애쓰든가 이런 모습은 생각해볼 수 있습
니다. 하지만 박경리 선생의 저 말에서는 '모른다'라는 말을 품
고도 "끝이 없게 그 물음에 매달리는" 그런 모습이 그려집니다.
더구나 '모른다'라는 그 말만이 확실하다니요. 말장난인가 싶기
도 하고, 혹여 무슨 선문답인가 싶기도 합니다. 선생은 『토지』에
만도 26년 세월을, 원고지 4만여 장 분량이라는 대단한 품을 들
였습니다. 그 밖에도 무수한 글을 남긴, 그야말로 한평생 문학의

길을 걸은 분입니다. 그런 대가(大家)에게 확실한 것이 '모른다'라는 것이라니요. 저야말로 참말 모르겠습니다.

일본 소설 『박사가 사랑한 수식』에도 이와 비슷한 장면이 나옵니다. 주인공으로 등장하는 예순네 살의 수학 박사는 세상 모든 사람과 사물, 아니 이 세상 전부를 수(數)를 통해 이해합니다. 그는 집안일을 돌봐줄 파출부를 처음 만나자마자 그녀의 이름보다 먼저 신발 치수와 전화번호를 묻고 그 숫자의 의미를 찾습니다. 사물에 적힌 숫자, 전화번호·우편번호·자전거등록번호 등에서도 약수·소수·배수 등의 계산을 하느라 여념이 없습니다. 박사는 17년 전 교통사고로 뇌를 다쳐 80분 동안만 기억을 지속하는 상태라, 스스로 해내는 일이 거의 없습니다. 아니 할 수 있는 일이 없습니다. 그래서 눈에 띄는 모든 것의 숫자풀이에 매달리고 수학 잡지의 현상 문제에 응모하여 푼돈을 버는 일이 전부이다시피 합니다.

주기적 기억상실 때문에 일상생활도 제대로 하지 못하고, 세상과 단절된 것처럼 사는 박사. 하지만 언제 어디서든 숫자와 연결되어 수학의 세계로 나가는 천재 박사. 그런 그의 모습은 경이롭기까지 합니다. "전자레인지의 스위치조차 제대로 돌리지 못하는 늙고 왜소한 손가락이 어떻게 무수한 종류의 숫자들은 이토록 정연하게 통솔할 수 있는지 거의 불가사의할 정도"이니 말입니다.°

그런데 이보다 더 희한한 모습이 있습니다. 지치지도 않고 숫자풀이를 하고, 쉴 새 없이 수학 문제를 풀어내는 천재 박사가 아무 거리낌 없이, 심지어는 너무나 자주 "모른다" "알 수 없다"라고 말하는 겁니다. 예를 들면 이러합니다. 박사는 파출부와 그녀의 아들에게 소수와 쌍둥이 소수°°에 대해 오랫동안 설명하다가 "소수가 무한히 많다고 쌍둥이 소수도 무한하게 있는지는 아직 알 수가 없어"라는 말 한마디로 상황을 끝내버립니다. 수학 문제 풀이라면 24시간이 짧다며 꼬박 매달릴 천재 박사에게는 어울리지 않는 결론이자 무책임해 보이기까지 한 마무리입니다.

하지만 "모른다" "알 수 없다"라는 것이야말로 그가 수학을 이어가는 힘입니다. 박사에게 "모른다는 것은 수치(羞恥)가 아니라 새로운 진리를 향한 좌표"라는 거지요. 그래서 무한한지 아닌지 '모르는' 소수의 세계를 탐색하는 그의 빛나는 열망은 '수의 사막'에서 '소수의 오아시스'를 찾아 나선 자의 모습으로 그려집니다. "하염없이 걸어도 소수의 모습은 찾을 수 없지. 사방이 온통 모래의 바다야. 태양은 쩅쩅 내리쬐고, 목은 바짝 마르고, 눈은

○ 오가와 요코, 『박사가 사랑한 수식』, 이레, 2004, 89~90쪽.
○○ 쌍둥이 소수(Twin Prime)는 p와 $p+2$가 둘 다 소수인 소수쌍을 말한다. 예를 들어 (3, 5), (5, 7), (11, 13) 등의 소수쌍이 쌍둥이 소수이다.

가물거리고, 정신은 몽롱하고. 앗, 소수다! 하고 뛰어가보면, 그
냥 신기루일 뿐. 아무리 손을 뻗어도 닿는 것은 뜨거운 모래바람
뿐. 그런데도 포기하지 않고 한 걸음 한 걸음 앞으로 나아가지.
지평선 너머에 맑은 물이 출렁이는 소수란 이름의 오아시스가
보일 때까지, 포기하지 않고 말이야."°

  '모른다'라는 것이 "새로운 진리를 향한 좌표"가 된다는 수학
박사, '모른다'라는 말을 품고 끝없이 질문해나간다는 작가. 이
들은 모두 '질문'이란 무엇인지, 왜 '질문'해야 하는지를 우리에
게 생각하게 만들어줍니다.

  강의실에서 자주 나오는 말 중 하나가 "질문하세요"입니다. 하
지만 이 말이 나오면 이내 어색한 침묵이 이어지기 마련입니다.
이런 모습이 비단 학교만은 아니겠지요. 발표회장이나 회의실
은 물론 사람들이 모이는 곳이라면 어디서든 흔히 볼 수 있는 광
경입니다. 무엇을 질문해야 할지 모르겠다는 것은, 더 정확히 말
하자면 내가 무엇을 모르는지 모른다는 것입니다. 그렇다면 나
는 무엇을 알고 있는 것일까요. 아마도 선생님이, 부모님이, 선
배가, 전문가가 이렇다 하니 그런가 보다 하고 인정한 상태 혹은
그들이 중요하다고 하니 기억해야겠구나, 시험에 나오겠구나
하고 이해한 상태 그 정도가 아닐까 싶습니다.

○ 오가와 요코, 『박사가 사랑한 수식』, 이레, 2004. 92쪽.

『누가 나를 쓸모없게 만드는가』라는 다소 과격한(?) 제목의
책을 쓴 이반 일리치는 바로 그런 앎을 전적으로 부정합니다. 그
에 따르면, 병원이나 학교와 같은 현대사회의 시스템은 인간의
자발적인 앎/배움의 의지를 무력하게 만들어버렸습니다. 그곳
에서는 전문가의 절대적 의견 지시와 교사의 일방적 지식 주입
이 중요할 뿐 스스로 알고 싶어하고, 배우고 싶어하고, 찾아보고
싶어하는 의지는 필요 없기 때문입니다. 그러니 사람들은 스스
로 할 수 없고, 스스로 익힐 수 없고, 스스로 알아갈 수 없는 '쓸
모없는 존재'가 되어버린다는 겁니다. 이 신랄한 비판은 가르치
는 일이 직업인 제게 대단히 뼈아픈 말이자, 우리 모두에게도 가
슴 뜨끔한 말입니다. 바로 이 때문에 '질문'이 사라진 모습이 우
리의 예사로운 일상이 되었다 싶습니다. 또 그래서 우리는 끝도
없는 '질문'의 세계로 한평생 걸어가는 대가의 모습을 경이로워
하나 봅니다.°

다시 한번 생각해봅니다. 질문이란 무엇인가. 그 시작은 아
마도 '지금 여기'를 다르게 보는 것으로부터 찾아질 겁니다. 내
게 익숙해진 모든 것으로부터 벗어나 '다른 것'을 생각하기, 그
로부터 질문이 일어나는 것일 터이니까요. "그런데 왜?" "그래서
왜?"라고, 끝도 없이 '왜? 왜? 왜?'를 묻는 똘망똘망한 아기의

○ 이반 일리치, 『누가 나를 쓸모없게 만드는가』, 느린걸음, 2014.

눈망울이 그러하듯 말입니다. 아기는 처음 만난 세상의 모든 것이 새롭고 신기합니다. 호기심 가득한, 수많은 질문으로부터 아기는 세상을 배워나갑니다. 그로부터 세상을 살아가는 자기 발걸음이 비로소 시작됩니다. 스스로 생각하고, 스스로 알아가고, 스스로 찾아가는 것. 그것이 바로 질문한다는 일입니다.

"나는 작가는 안다고 이야기하는 것이 아니라 모른다고 해야 한다고 말했습니다. 그것은 바로 물음이며 질문입니다. 그렇습니다. 작가는 칠흑과 안개를 향해 왜냐고 묻는 사람입니다. 왜라는 질문이 없으면 문제는 없거나 종결되었음을 뜻합니다. 따라서 문학도 종결되는 것입니다. 그러나 생명은 엄연하게 생과 사의 상반된 것을 포태하고 있는 이상 우리는 왜라는 질문을 멈출수는 없는 것입니다. / 문학은 '왜'라는 질문에서 출발하고 '왜'라는 질문 그 자체가 문학을 지속적으로 지탱하는 것이기도 합니다."∘

다시 상상해봅니다. 순수하되 근본적인 이 질문의 힘을 한평생 간직하고 살아가는 것. 박경리 선생은 그래서 한평생 '모른다', 그러니 '묻는다', 그런 마음을 품고 지냈나 봅니다. 끝없이 질문하는 그 마음으로부터 원고지 4만여 장의 『토지』가, 장엄한 문학이 솟아올랐나 봅니다.

∘ 박경리, 『꿈꾸는 자가 창조한다 — 박경리의 원주통신』, 나남, 1994, 196~198쪽.

선생의 마음과 글을 마주하며, 저 또한 스스로에게 묻고자 합
니다.

나는 무엇과 마주할 것인가.

나는 무엇을 찾아 나설 것인가.

나의 '질문'은 무엇인가, 라고 말입니다.

"책은 그에게 구원이었고 숨 쉴 통로였으며 외롭지 않았다. 동굴 속과도 같이 차단된 세계 속에 책은 유일한 벗이었다."

16권 89쪽

'영광'의 책 읽기,
존재의 증명

『토지』에는 고달프게 살아가는 사람들이 참 많습니다. 그 배경이 일제강점기이니 대부분 억압받는 식민지인 처지라 그러했습니다. 그중에서도 가난하고 의지가지없이 외로운 이들은 더 힘들기 마련이었고요. 그런데 저 인용문에서 '책'을 구원으로, 숨 쉴 통로로 삼았다는 사람 '송영광'은 백정의 자손이라는 이유로 한층 고달프게 살았습니다.

『토지』의 1권이 시작되는 1897년은 노비제도 폐지, 문벌과 신분 계급의 타파 등의 개혁제도가 시행(갑오경장, 1894~1896)된 이후입니다만, 제도적 변화와는 달리 일상적 신분 차별은 꽤 오랫동안 이어졌습니다. 특히 노비, 백정, 무당 등 맨 밑바닥 천민이 겪는 차별은 더 노골적으로 그리고 시시때때로 자행되었습니다. 상황이 이러하니, 외할아버지가 백정이었던 '영광'은 어릴 때부터 천대와 멸시를 당하기 일쑤였습니다.

잘생기고 명민한 '영광', 그는 우등생인 것은 물론 곧은 의지와 용기로 독립운동에도 앞장서는 인물이었습니다. 심지어 '서희'의 아들 '환국'의 눈에 비친 '영광'은 '섬세하고 화사한 감수성'을 지녔고, '굽힐 줄 모르는 내면'을 가졌으며, 그 밖에도 천성적으로 타고난 인간적 매력이 넘치는 사람이었습니다. 하지만 "그의 어떠한 장점에도 백정이라는 신분의 꼬리표는 붙어 다녔"고, 그것은 '영광'과 그의 가족을 언제 어디서나 짓눌렀습니다. 할아버지가 백정일 뿐이다. 어머니가 백정의 딸일 뿐이다, 내 아버지는 백정도 아니며 독립운동가다. 아무리 외쳐봐야, 그래도 백정의 핏줄은 백정이라는 멸시와 억압이 계속되었습니다. 천한 백정과는 함께 학교 다닐 수 없다는 소란에 아버지는 입술을 깨물며 남몰래 아들을 대처 학교로 보냈고, 어머니는 '잘난 내 아들'에게 백정의 피를 물려줬다는 죄책감으로 평생 가슴앓이를 해야만 했습니다. 백정은, 또 백정의 핏줄이라면 누구든 제대로 살아갈 수 없었습니다.

우여곡절을 거듭하던 '영광'은 결국 학업을 포기하고 유랑 극단 연주자로 만주와 조선을 떠돌아다닙니다. 어느 날, 그는 낡은 짐 꾸러미 속에서 학창 시절의 책과 노트를 발견합니다. 그 노트는 학창 시절 시를 썼던 습작 노트였고, 그와 더불어 '영광'에게는 책에 파묻혀 살다시피 한 그 시간들이 생생하게 되살아납니다. 할아버지는 손자가 책을 산다면 언제든지 쌈지를 열고 꼬깃꼬깃 접은 일 원짜리, 때론 오 원짜리 지폐, 오십 전짜리, 십 전짜리 주화까지 아낌없이 모두 내어주었습니다. 당시 독립운동에 가담하여 집을 비우기 일쑤였던 아버지를 대신해 할아버지는 딸과 손주들을 돌보는 버팀목이었습니다. 어머니는 대식구 살림을 꾸리는 할아버지에게 늘 미안해했고 그 때문에 심심찮게 책값을 받아가는 '영광'을 나무라기도 했지만, 할아버지는 되려 '영광'을 역성들며, 영특한 손자를 자랑스러워했습니다.

그 시절을 '영광'은 이렇게 떠올립니다. 책을 한 권 한 권 사 모으던 "희열" 속에서 살던 때라고. 그때 책은 내게 "구원이었고 숨 쉴 통로"였으며, 동굴 같은 세계 속에서 책은 "유일한 벗"이었다고. 백정이라는 신분의 꼬리표가 자신은 물론 가족 모두를 꼼짝달싹하지 못하게 얽어맨 시절, 그의 책 읽기는 과연 무엇이었을까요. 그게 무엇이길래 책을 사 모으며 희열을 느끼고, 그 책을 벗하고, 그로부터 구원이자 숨 쉴 통로를 찾아낸 것일까요.

실상 '영광'의 삶을 따라가보면 그저 답답할 뿐입니다. 그가 측은하고 애달픈 것은 사실이지만, 그렇다고 해서 선뜻 긍정하기도 어렵습니다. '영광'은 줄곧 백정 핏줄이라는 천대에 짓눌려 고통스러워했고, 또 한때는 신분에 대한 증오심에 휘말려 부모를 원망하고 부정하는 지경까지 이르기도 했습니다. 그래서 삶의 많은 부분이 자기 경멸과 자학으로 얼룩져 있습니다. 어쩌면 이런 자의 책 읽기는 자기 현실로부터 도망가는 것이었을지도 모르겠다는 생각도 듭니다. 또 책이 구원이자 유일한 벗이었다는 그의 말은 허망한 자기 삶에 대한 변명이 아닌지 의심스럽기도 합니다. 도대체 책 읽기가 그에게 어떤 효용과 성과를 가져다준 것인지 찾아볼 수가 없으니까요.

아무 효용도 없고, 어떤 성과도 창출하지 못한 책 읽기는 또 있습니다. '영광'의 그것이 허구로 된 소설 세계에서 일어났다면, 현실에서 더구나 전쟁이라는 극단적인 상황에서 그런 책 읽기가 행해졌습니다. 바로 제2차 세계대전 때입니다. 『전쟁터로 간 책들』은 '진중문고(陳中文庫)의 탄생'이라는 부제 아래, 사상전(思想戰)의 일환으로, 혹은 위문을 목적으로 군인들에게 책을 보내기 위해 애쓴 수많은 이들의 기록과 그 때문에 성행했던 '페이퍼 북(보급판 도서)' 출판, 그런 책을 전쟁터에서 읽던 병사들의 모습을 전해줍니다.

'책의 역사'를 기록하고 있는 이 책에서 맨 먼저 눈길을 끈 것은 몇 장의 사진이었습니다. 곧 전투를 치르기 위해 상륙함에 오른 군인들이 갑판에 비스듬히 누워, 총을 옆에 둔 채로 책을 읽는 사진. 전쟁터에서 군용 천막을 친 채로 야전침대에 누워 책을 읽는 병사의 사진. 심지어 그때가 우기(雨期)였기 때문에 천막 주변은 온통 물바다나 다름없고, 병사가 누워 있는 야전침대는 물 위에 떠 있는 뗏목처럼 보일 지경이었습니다. 그 와중에 팔베개를 하고 누워 책을 읽는 거였습니다. 그뿐이 아니었습니다. 『전쟁터로 간 책들』에 따르면, 포탄이 쏟아지는 참호 속에서, 포획한 일본군 비행기를 지키면서, 해변 야영지의 침낭 속에서, 심지어 용변을 볼 때조차 병사들은 손에서 책을 놓지 않았다고 합니다. 그렇다고 해서 그들이 읽는 책이 대단히 심오한 것이라거나 병사들의 지적 탐구욕이 불타고 있었던 것은 아니었습니다. 오히려 그들이 읽는 책들에는 가벼운 오락물부터 저속하고 선정적인 읽을거리까지 소위 'B급'이라 할 만한 것들이 허다했다고 하니까 말입니다.°

백정 자손의 책 읽기나 전쟁터 병사들의 책 읽기나 무용(無用)하기는 마찬가지인 듯합니다. 책을 읽기 전이나 후에나 그들은 별 변화도 없습니다. 그들의 책 읽기는 그저 그 어느 때 한 시절의 지나간 추억처럼 보이기도 합니다. 아무런 효용도 성과도 이끌어내지 못하는 것처럼 보이는 그들의 책 읽기. 그러나 백정 자손은 그런 책 읽기로부터 '숨 쉴 통로'를 찾아냈고 전쟁터의 병사들은 자신이 '인간'임을 확인했다고 토로합니다. 병사들은 훈련소를 거쳐 전쟁터에 투입되면서 자신들이 "군대라는 거대한 기계의 톱니바퀴에 지나지 않는다"라고 생각했답니다. "새로운 기어를 언제든 바꿔 끼울 수 있는 고장 난 장비를 대하듯이, 군

○ 몰리굽틸 매닝, 『전쟁터로 간 책들』, 책과함께, 2016.

은 전투에서 부상을 당하거나 전사한 병사들을 대체하여 새로운 군대를 투입"했기 때문이지요.° 게다가 아침에 같이 식사를 한 병사가 저녁때는 땅속에 묻히는 일이 허다한 전쟁터였습니다. 그런 곳에서 책은 유일하다시피 "인생을 살 만한 가치가 있는 것으로 느끼게" 해주는 것이었답니다. 책은, 병사들이 기계부품이나 군사 장비가 아니라 책을 읽는 살아 있는 인간임을 깨닫게 해주었기 때문입니다. 그래서 "책의 존재는 우리 군대의 소속 병사들이 그래도 여전히 인간임을 증명해주었다고" 증언합니다. °°

'영광'도 그러했습니다. 학창 시절의 책과 시 습작 노트를 발견한 이후 그는 "그 시절의 오기가 오늘까지 자신을 지탱하고 있었"음을 깨닫습니다. **19권 148쪽** 백정 자손이라 멸시당하고 그 때문에 뭐든 제대로 할 수 없었고 아니 백정은 인간이 아니라고 부정당했던 그의 삶이었습니다. 그러나 책 읽기 속에서, '영광'은 백정이든 아니든 자신이 인간임을 확신할 수 있었습니다. 비록 그 확신을 현실로 옮겨 오지는 못했지만, 그 확신을 고집스럽게 품고 있는 것, 바로 그 '오기' 때문에 '영광'은 팍팍한 삶을 버티고 살아갈 수 있었습니다.

○ 몰리굽틸 매닝, 『전쟁터로 간 책들』, 책과함께, 2016, 75쪽.
○○ 몰리굽틸 매닝, 『전쟁터로 간 책들』, 책과함께, 2016, 49쪽.

백정 자손인 '영광'과 전쟁터의 병사들의 책 읽기는 결국 인간의 존재 증명이었습니다. 책 읽기로부터 정보를 얻고 배움을 구하고 새로운 변화를 만들어내기 이전에 내가 인간임을 먼저 확인하는 것 말입니다. 그로부터 백정의 세계와 전쟁의 세계가 아닌, 인간으로 살아야 할 세계가 그 어딘가에 있음을 그들은 믿을 수 있었던 겁니다. 그 믿음 때문에 그들은 삶을 버티어나갈 수 있었던 겁니다.

III

우리 곁에
있는
사람

"인생은 보석의 빛이 결코 아니요 뿌옇게 타오르는 모깃불, 목화씨 같은 것이라는 생각을 한다. [중략] '무슨 놈의 밤도깨비 같은 짓이었나.' 허허 하고 웃는다."

11권 51쪽

밤도깨비
아버지

『토지』에 등장하는 비운의 인물 '김환(구천)'의 마음 한 자락입니다. 그는, 동학군 장수 '김개주'가 최참판댁의 종부 '윤씨부인'을 강제로 범해 태어난 사람입니다. 아비가 죽은 후 그는 최참판댁에 찾아가 하인살이를 자처했습니다. 그런데 또 이부(異父)형제인 '최치수'의 부인 '별당아씨'와 야반도주를 하게 됩니다. 꼬일 대로 꼬여버린 처참한 인연. 세월이 흘러 '윤씨부인'도 '최치수'도 '별당아씨'도 모두 죽고, '김환'의 복잡한 심사가 가라앉았나 싶었습니다. 그러던 어느 날 밤중에 남몰래 평사리에 그가 나타납니다. '윤씨부인'의 제삿날, 생모의 무덤을 찾아온 겁니다.

"적막한 어둠과 마음 끝을 간질여주는 갈대 같은 외로움이 스며든다. 마을의 불빛이 깜박이고 있었다. 모깃불 연기 속에 뿌옇게 비치는 불빛도 볼 수 있다. 차가운 빙하 같았던 생애. 먼 곳에서 찬란하게 빛을 내던 사람들, 인생은 보석의 빛이 결코 아니요 뿌옇게 타오르는 모깃불, 목화씨 같은 것이라는 생각을 한다. 그리고 자신의 발자취는 순전히 역행이었다는 생각도 한다. / '무슨 놈의 밤도깨비 같은 짓이었나.' / 허허 하고 웃는다. 생모 무덤에서 절한 것이 그랬었고 자신의 인생 전부가 허허헛 허허, 하고 계속 웃는다." **11권 51쪽**

출생이야 자기 책임이 아니라지만, 굳이 생모의 집으로 가서 자신을 감추고 하인으로 살았던 사람이었습니다. 불가항력적 사랑이라지만, 형수뻘인 '별당아씨'와 달아난 사람이었습니다. 자기 말마따나 평범한 이들은 상상도 어려운 "역행"을 거듭 저지른 셈입니다. 그러나 어쨌든 간에 '김환'은 그 모든 일을 자기 스스로 선택하고, 그 선택을 실행으로 옮긴 사람임에 분명합니다. 그런 사람이 생모의 무덤을 찾아와, 인생은 보석의 빛이 결코 아니요, 뿌옇게 타오르는 모깃불이요, 목화씨 같은 거랍니다. 사는 데 정답이 없다는 건지, 아니면 그 누구든 제 삶에 만족하지 못한다는 건지요. 자기선택과 결정으로 한평생을 질주하듯 살아간 사람이, 제 스스로를 '밤도깨비'라 칭하고 있습니다.

밤도깨비. 밤에 잠을 자지 않고 엉뚱한 짓을 일삼는 사람을 비유적으로 이르는 말이라 합니다. 어릴 때 제가 본 아버지의 모습이 그러했습니다. '김환'처럼 꼬여버린 인연이나 삶의 역행은 없었지만, 제 아버지야말로 진짜 '밤도깨비'였습니다.

어린 시절, 이따금 밤중에 잠을 깨는 날이 있었습니다. 그런데 가끔은 방 한쪽에 환하게 불이 켜져 있었습니다. 눈을 부비며, 비척비척 이불 밖으로 나와보면 어머니는 속옷 바람으로 서 있는 아버지 허리에 스타킹을 둘러주고 있었습니다. 예, 여자들이 신는 그 스타킹 말입니다. 저는 잠도 덜 깬 채로 아버지를 불렀습니다. 아부지, 서울 가? 그래. 와 깼노. 으응, 물 마실라꼬…. 아부지, 과자… 그래그래, 아부지가 사 오께. 후딱 자그라.

그런 밤 풍경의 의미를 제대로 알게 된 것은, 훗날이었습니다. 제 부모님은 옷 장사를 했습니다. 아버지는 가게에 새 물건을 들여놓기 위해, 한 달에 두어 번은 서울 도매상으로 갔습니다. 밤차를 타고 통행금지가 해제될 즈음에야 청량리역에 내려 전차를 타고 청계천으로 향했답니다. 지방 장사꾼들이 단골로 드나드는 청계천 식당들은 으레 가게 뒷방에 허름한 담요를 챙겨두고 반갑게 맞아주었답니다. 대여섯 명씩 우르르 들어가 밤새 기차간에서 고부라졌던 몸을 펴고 잠시나마 눈을 붙이고 나오면 부옇게 동이 터오는 아침 여섯 시. 식당에서 차려주는 콩비지나 시래깃국을 훌훌 들이켜고, 평화시장부터 남대문시장까지 다니며 물건을 사들이고 나서는, 오후 느지막이 기차를 타고 다시 집으로 돌아오는 게 하루 일정이었다는군요. 요즘이야 제 고향인 안동에서 서울까지 세 시간이면 충분하고, 심지어 곧 개통될 고속철도는 한 시간 반 만에 주파할 거라 합니다만, 1970년

대만 해도 한나절은 족히 걸렸습니다. 그러니 서울 도매상 출입은 1박 2일 정도가 필요한 일정이었고, 아버지는 하룻밤 숙박비를 아끼기 위해 밤차를 타고 다녔습니다.

하루 종일 장사하고 밤기차를 타면 이내 곯아떨어지기 일쑤였습니다. 그러니 새 물건 값으로 챙긴 돈뭉치를 간수하는 게 큰일이었다는군요. 가방 밑바닥에 감춰놔도, 품속에 숨겨놔도 소매치기들은 귀신같이 '돈 냄새'를 맡았답니다. 가방 모서리를, 옷 주머니를 면도날로 스윽 그어서 날쌔게 돈을 빼갔답니다. 그래서 장사꾼들은 으레 전대를 차고 다니는 게 습관처럼 굳어져 있었다는군요. 제가 잠결에 본 스타킹이 바로 그 전대였습니다. 어머니는 여자 스타킹을 두어 켤레 겹쳐서 그 안에 지폐를 길게 펴 넣고 아버지 허리에 둘러 묶어주는 겁니다. 그러고는 바지춤을 치켜올려 허리띠를 단단히 묶고 윗도리로 푹 덮는 거였습니다.

덜렁거리는 알전구에 머리가 닿을 듯 우뚝 서 있던, 속옷 바람의 아버지. 그 아버지의 허리에 누르스름한 스타킹을 칭칭 휘감고 있던 엄마. 그 시절에는 아무렇지 않았던 그 모습을 지금 다시 떠올려보니 그야말로 '밤도깨비'이다 싶습니다. 아마도 그때 제 아버지 나이는 많아야 삼십 대 후반이었을 겁니다. 소백산 아래 깡시골에서 가난한 집 장남으로 태어나, 철들 무렵부터 부모님과 형제들을 도맡다시피 했습니다. 한때는 서울로 올라가 고

학생으로 공부도 했지만 가난 때문에 학업을 중단하고 다시 고향 근처로 왔습니다. 포목점 점원부터 온갖 일을 하며, 결혼하고 아들딸 낳아 사는 동안 제 아버지는 어느새 '밤도깨비'가 되어버렸던 겁니다.

한때 아버지는 그랬답니다. 시장에서 일하기 시작했을 때, 새벽마다 싸리 빗자루로 가게 앞을 쓸어놓고 낙동강변 누각으로 올라갔었답니다. 강 건너 시가지를 향해 크게크게 손가락을 휘저으며 호기롭게 외쳤답니다. 여어기부터 저어기까지, 내가 돈 벌어서 다 살 거다. 아버지의 꿈은 비록 이루어지지 않았지만, 대신 아버지는 꿈에나 나올 법한 '밤도깨비'가 되었습니다. 아마도 제 아버지뿐 아니라, 그 시절의 아버지들은 대부분 그렇게 도깨비처럼 살았을 겁니다. 그들에게 '밤도깨비'는 선택이 아니라 필연이었으며, 있는 그대로의 삶이었을 겁니다.

'밤도깨비'였던 제 아버지를 떠올리며, 다시 인생의 의미를 헤아려봅니다. '밤도깨비'처럼 살았다는 '김환'이 그랬습니다. 인생은 보석의 빛이 결코 아니요, 뿌옇게 타오르는 모깃불이요, 목화씨 같은 거라 했습니다. 원석을 캐내 연마한 결정체 보석을 눈으로 확인하는 대신 그저 뿌옇게 타오르며 사라지는 연기, 눈송이 같은 목화솜에 가려진 검고 작은 씨앗 한 톨 같은 찰나를 마주할 뿐이라는 거지요. 하지만 그 찰나의 연기 아래서 단잠을 자며 자식들은 자라났고, 목화씨를 한 톨 한 톨 먹고 입으며 커나갔습니다. 전구 불빛 아래서 여자 스타킹을 허리에 휘감던 '밤도깨비'는 아버지의 인생이자, 저의 근본이었습니다. 그리고 도깨비방망이가 휘둘러지던 그 밤들이 쌓이고 쌓여, 오늘날이 이루어졌습니다.

혹시라도 허허롭게 웃는 '김환'을 만난다면 나직하게 말해주고 싶습니다. 제 아버지 같은 밤도깨비도 있다고 말입니다. 희미하고도 아련한 기적을 소중히 지켜온, 수많은 밤도깨비들이 우리의 삶을 만들어왔다고 말입니다.

"뭐니 뭐니 혀도 배고픈 정 아는 그게 사람으로서는
제일로 가는 정인디…."

6권 33쪽

엄마의
'밥'

간도에서 '용'이를 처음 만났던 때를 회상하는 '주갑'의 말입니다. 그는 며칠간 쫄쫄 굶다가 '용'이를 만났더랬습니다. 담배한 대만 얻자는 말에, '용'이는 담배쌈지와 먹다 남은 점심 꾸러미를 풀어놓았습니다. 우연히 마주친 나그네 얼굴에는 허기진 기색이 역력했기 때문입니다. 생각지도 않은 호의에 '주갑'은 화들짝 놀라면서도 반색했습니다. 그라믄 한 개만…이라고 대답하는 것과 동시에 눈앞에 놓인 주먹밥을 꿀떡꿀떡 몰아넣기 바빴습니다. 애초 한 개만 먹겠다던 말과는 달리 남아 있던 주먹밥을 모조리 먹어버립니다. 그 이후에야 제정신으로 돌아온 듯 연신 고맙다고 말합니다. 그리고 이 인연으로 '주갑'은 '용'이를 따라 용정으로 왔으며, 그때를 이렇게 돌이켜본 것입니다.

"뭐니 뭐니 혀도 배고픈 정 아는 그게 사람으로서는 제일로 가는 정인디, 혀서 나도 니 아부지[용이]를 믿고 정이 들어서 따라 가는 거 아니겄어? 부모 자석이라는 것도 따지고 보면 주린 배 채우주는 거로 시작된다 그거여. 저기 보더라고. 저기 물새도 모 이 찾아서 지 새끼 먼저 먹이는 거, 어디 사람뿐이간디?" **6권 33쪽**

　그렇지요. 세상에 밥 먹는 일보다 앞서는 것이 또 있을까요. 그리고 그런 밥을 내게 처음으로 먹여주는 사람이 바로 부모입 니다. 그런데 예나 지금이나, 철없는 자식들은 종종 밥을 무기 로 내세웁니다. 시위라도 하는 양 "나, 밥 안 먹어!" 큰소리치면 서 말입니다. 내가 밥을 안 먹는데, 왜 엄마가 그걸 걱정해야 하 는지 앞뒤가 맞지 않는 엄포입니다만, 어릴 때 저도 종종 그랬습 니다. 그런 철없는 자식 앞에서 제 어머니를 비롯한 세상의 모든 부모는 전전긍긍합니다.

　실로 부모라는 존재는 주갑이의 말처럼 "주린 배 채우주는" 사 람인가 봅니다. 부모는 언제 어디서건 자식 밥이 가장 먼저인가 봅니다. 밥과 부모의 이런 친연성은 다른 작가의 소설에서도 생 생하게 그려집니다. 공지영의 소설 『즐거운 나의 집』은 부부의 이혼과 재혼이 거듭되고, 그 때문에 부모가 다른 형제들이 얽히 고 주위 사람들의 관계가 설키는 복잡한 상황을 배경으로 삼고 있습니다. 그 가운데에 있는 화자이자 주인공 격인 '위녕'은 아 주 예민하고도 까칠한 사춘기 소녀입니다.

　전학 간 첫날, '위녕'은 성이 각각 다른 세 동생이 있다는 사연을 "목소리를 더욱 밝게 내면서 셀카를 찍을 때마다 연습했던 대로 내가 지을 수 있는 제일 귀여운 표정을 지으며" 말합니다. ° 혹 자신의 가정사를 아는 사람들이 뒤에서 수군거릴까 봐 선 제공격이라도 하듯 자기소개를 한 것이지요. 하지만 당돌해 보이는 이런 '위닝'도 엄마 앞에서는 평범하다 못해 진부한 클리셰 (Cliché)를 자주 사용합니다. 자신이 조금 불리하다 싶으면 혹은 상황 전환이 필요하다 싶으면, 언제라도 엄마의 가장 약한 고리 '밥'을 걸고 들어가는 거지요. "날 야단치다가도 내가 약간 힘없는 듯한 표정을 지으며 '엄마, 근데 나 배고파' 하면 그걸로 만사는 스톱이었다."°°

들고 보니, 정말 그렇습니다. 엄마, 밥. 부모는 언제 어디서나 이 말에 즉각적으로 그리고 전면적으로 반응하는 사람임에 분명합니다. 돌이켜보면, 제 엄마의 삶 또한 그러했던 것 같습니다. 학창 시절 공부 잘하던 오빠는 반장을 도맡았고, 그 시절 반장은 학교 소풍이나 체육대회 때면 으레 담임선생님 도시락을 싸 가곤 했었습니다. 그런데 제 부모님은 가게 일로 늘 바빴습니다. 아침 일곱 시면 가게 문을 열고, 밤 열한 시 즈음이 되어서야 문을 닫았습니다. 일요일이나 공휴일 따위는 챙겨본 적이 없었

○ 공지영, 『즐거운 나의 집』, 푸른숲, 2007, 27쪽.
○○ 공지영, 『즐거운 나의 집』, 푸른숲, 2007, 18쪽.

습니다. 명절날도 오후에는 가게 문을 열었으니까요. 더구나 할아버지가 계신 큰 집이라, 집안 대소사나 제사도 퍽 많았습니다. 그래서 엄마는 장사하랴 집안일 하랴 늘 바빴습니다. 그 분주한 일상에서도 소풍날이 가까워지면 엄마는 김치부터 새로 담갔습니다. 그리고 당일 새벽부터 채반 그득히 온갖 전을 부쳤습니다. 아직도 제 기억에는 제삿날이나 소풍날이 똑같이 대단한 풍경으로 떠오릅니다. 엄마는 '밥'으로 자식을 챙겼고, 내 자식 가르치는 선생님을 받드는 방법도 '밥'이었습니다.

오빠와 제가 대학생이 되자, 그런 엄마의 '밥'이 서울까지 따라왔습니다. 김치나 멸치볶음, 콩자반 같은 밑반찬은 물론 두부조림이나 구운 김, 명태조림, 나물무침, 심지어는 미역국, 육개장, 곰탕도 꽝꽝 얼려져 서울로 따라왔습니다. 그때도 부모님의 가게는 여전히 바빴지만, 엄마는 한 달에 두어 번은 감청색 반찬 가방을 묵직하게 챙겨 안동역과 청량리역을 오갔습니다. 아주 드물게 엄마가 서울로 오지 못할 사정이 생기면, 그때는 비상수단이 동원되었습니다. 아주 특이한 수송 작전이었습니다. 지금도 그러하듯 버스나 기차에 일정 금액을 내면 소화물(小貨物)을 운반해줍니다. 하지만 제 엄마를 비롯한 고향의 엄마들은 그 돈이 아깝다며, 편법(실은 불법입니다만)을 썼습니다. 안동에서 청량리까지 가는 기차에 몰래 짐을 실어 보내는 겁니다. 누군가를 배웅하는 척 기차역으로 나가, 차내 선반 위에 음식 꾸러미를 올려

두는 거지요. 그리고 서울에 있는 자식들에게 연락합니다. 마중 나오는 척 청량리역으로 와서, 몇 호 칸 몇 번 자리 위 선반에서 짐을 찾아가라고. 저는 꽤나 투덜거렸습니다. 안 먹고 말지, 무슨 간첩 접선하냐고 엄마를 몰아붙이기 일쑤였습니다. 제 짜증에도 엄마는 아랑곳하지 않았습니다. 엄마에게는 세상 무슨 일이 벌어져도 그저 감청색 반찬가방이 서울로 전해지는 것이 제일 중요했습니다.

대학 4년, 대학원 석사·박사과정을 거치는 동안 심지어는 제가 결혼하고 나서도 감청색 반찬 가방은 엄마의 '트레이드마크'나 다름없었습니다. 자식을 만나러 서울에 올 때는 물론이거니와, 결혼식 하객으로 오든 친척 병문안을 오든 엄마가 오는 길에는 항상 감청색 반찬 가방이 나타났습니다. 근 30여 년을 엄마는 그러했습니다. 언젠가는 제가 이렇게 묻기도 했습니다. 엄마는 도대체 그 가방을 어디서 샀대? 무슨 가방이 손잡이도 안 떨어지고, 구멍도 안 난대? 엄마는 씩 웃으며, 어데, 몇 번 내가 꼬매기도 하고 그랬제, 그래도 참 찔기기는 찔다, 이런 것들만 있음 장사치들은 다 굶어 죽겠다, 라고 하시더군요.

엄마의 밥, 그것은 자식의 배를 채워주는 밥이었습니다. 그런데 그 밥은 누구에게나 평등한 것이기도 합니다. 내 자식의 밥이 소중하듯 세상 모든 이의 밥이 다 소중하기 때문입니다. 『토지』에서도 그렇게 말합니다. 자식이 제법 돈을 모아 부자가 되었다고 거들먹거리자 그 어미는 조심스럽게 나무랍니다. "부자믄 뭐 하노? 한 끼에 밥 열 그릇 묵을 기가?" ^{18권 378쪽} 세상의 엄마들은 어쩌면 이리도 닮아 있을까요. 소설 속이든 현실이든, 일제강점기이든 대한민국이든, 그 어느 시대 그 어느 곳에서도 세상의 엄마들은 모두 같은 모습입니다. 네, 제 엄마도 똑 그러했습니다.

엄마는 밥이 제일 소중했고, 밥이 세상이었고, 그 밥은 평등했습니다. 제가 어린 시절, 엄마는 밥을 먹고 나서는 으레 "아이고, 박뚜월 여사 안 부럽따아~"라며 목청을 돋웠습니다. '박뚜월'이 삼성 그룹 창업자인 이병철 회장의 부인 박두을 씨를 가리키는 말이란 걸 알게 된 것은 제가 대학생이 된 이후였습니다. 그리고 같은 박씨로 태어나 누구는 재벌집 마나님이고, 누구는 옷가게 안주인이지만, 하루 세 그릇 밥 먹는 건 똑같다는 것, 엄마는 그 평등한 밥의 논리로써 자기 존엄을 지켜왔다는 사실을 알게 된 것도 제가 어른이 되고 난 후의 일이었습니다. 그때의 엄마에게 '박뚜월 여사'라는 기표는 무엇이었을까요. 열심히 살아가기 위한 엄마의 지상 최대 목표였을까요. 아니면 상상 가능한 행복의 최고점 같은 그 무엇이었을까요. 어느 쪽이든 아마도 그때의 엄마에게 '밥'은 자신을 온전하게 채우는 것이자 세계 그 자체였을 겁니다.

그 시절, 대목이면 가게는 잠깐 앉을 틈도 없이 바빴습니다. 그런 날은 일찌감치 시장에서 커다란 얼음덩이를 주문해놓습니다. 가게 안쪽에 빨간 '다라이'(고무함지)를 가져다놓고 그 안에 얼음을 담아둡니다. 잠깐씩 커다란 얼음 위에 맨발을 썩썩 문지르면서 열을 식히기 위해서였습니다. 그 와중에 제대로 밥을 차려 먹는다는 건 생각지도 못할 일입니다. 밥때를 챙기지도 못하고 손님이 좀 뜸할 때를 기다려 국에 만 밥이나, 나물에 비빈 밥 한 그릇을 들고 선 채로 먹기 바쁩니다. 퉁퉁 부은 발을 얼음 위에 문지르고 나서 선 채로 마주한 '밥' 한 그릇. 그 밥은, 엄마와 자식을 위한 밥이었습니다. 그 밥은 누구에게나 생명처럼 소중한 것이자 누구에게나 평등한 밥이었습니다.

"먹는 행위야말로 모든 인간에게 가장 공통인 것이며, 그것은 절대적으로 보편적인 인간적 사실"란 말도 그래서인가 봅니다.° "뭐니 뭐니 혀도 배고픈 정 아는 그게 사람으로서는 제일로 가는 정"이라 하는가 봅니다. 그래서 '밥'은 사랑이고, 엄마인가 봅니다. 그래서 시인은 밥을, 사랑을 이렇게 읊나 봅니다.

새벽에 너무 어두워
밥솥을 열어봅니다.
하얀 별들이 밥이 되어
으스러져라 껴안고 있습니다.

○ 게오르그 짐멜, 『짐멜의 모더니티 읽기』, 새물결, 2006, 142쪽.

별이 쌀이 될 때까지

쌀이 밥이 될 때까지 살아야 합니다.

그런 사랑 무르익고 있습니다.

— 김승희, 「새벽밥」

"개미 뙤 문지듯이, 일이란 그렇기 혀야제잉. 세월이
란 것도 개미 뙤 문지듯 가는 거 아니더라고?"

14권 97쪽

대구이모
안동이모

땡볕에 쪼그려 앉아 조밭을 매던 할머니가 혼잣말처럼 툭 던진 말입니다. 남도 사투리를 알아듣지 못한 '여옥'은° '뫼 문지는 것'이 뭐냐고 되묻습니다. 할머니는 개미가 모래흙을 하나하나 물어 나르는 걸 본 적이 없느냐고 오히려 의아해합니다. 그제야 아아, 개미가 집 만들려고 땅속에 굴 파는 것 그런 것 말이냐며 고개를 끄덕이는 여옥에게 할머니는 그려~, 라며 주름살 가득 웃음을 담아냅니다. 그러고는 다시 말합니다. "일이란 억지로는 안 되지라. 하루아침에 성을 쌓지는 못허니께로 개미 뫼 문지듯

○ 『토지』3~5부에 등장하는 기독교인 신여성 길여옥. 일찍 개화한 집안의 외동딸로 남부러울 것 없이 살다가 남편의 배신으로 충격적인 이혼을 경험한다. 이후 삶의 의욕을 잃고 자살하려다 살아난 후 여수로 내려와 기독교 전도에 힘쓰며 독립운동까지 참여하다 모진 옥살이를 겪는다.

이, 일이란 그렇기 혀야제잉. 세월이란 것도 개미 뫼 묻지듯 가는 거 아니더라고?" **14권 97쪽**

'산악 그랜드슬램'(한 산악인이 세계 8000급 14좌와 7대륙 최고봉 세계 3극점을 모두 등반하는 것)을 세계 최초로 달성한 고(故) 박영석 대장이 생전에 이런 말을 했다지요. 도대체 안나푸르나 그런 곳은 어떻게 올라가느냐는 질문에 자신은 목적지를 바라보지 않는다고, 안나푸르나를 바라보지 않고 그저 발 앞만 본다고요. 사실 저는 '최고'니 '최초'니 하는 말에는 별 감흥이 없습니다. 심지어 까닭 없는 반감마저 들 때가 많습니다. 아마도 제가 직업상 각종 평가와 등수 매기기를 계속 반복하는 입장이라 그런가 봅니다. 또 제 자신이 최고나 최초와는 거리가 먼 사람이니 은연중의 질투도 작동하고 있을 겁니다.

하지만 박영석 대장이 어떤 최고이든 어떤 최초이든 간에 그와 별개로 '발 앞만 보고' 간다는 그 말에 눈이 번쩍 떠졌습니다. 스물여섯 살에 한국인 최초로 에베레스트를 정복했다는 것보다, 한발 한발 가다 보니 에베레스트더라는 그 정신이 위대하다는 생각이 들었습니다. 그 위대함은 조밭 매던 시골 할머니가 바라보던, 바로 그 개미의 모습일 겁니다. 기네스북에 기록된 결과의 위대함이 아니라, 하루하루와 매 순간을 살아가는 사람들이, 개미들이 만드는 위대함 말입니다.

어린 시절, 제 이모도 그 비슷한 말을 시시때때로 했습니다.

눈처럼 게으른 게 없고 손처럼 부지런한 게 없다고 말이지요. 제가 안동이모라 부르던 분이었습니다. 제 고향은 경상북도 안동이고, 외가는 대구입니다. 제 어머니의 친언니인 대구이모는 말그대로 대구에서 살고 있었습니다. 그리고 안동에서 제 가족과 같이 살던 이모는, 대구 이모부의 또 다른 부인이었습니다. 낮춤말로 첩이라고 하겠지요.

어쩌다 본부인의 동생 집에 와서 살게 되었는지, 그 내력은 지금도 잘 모릅니다. 복잡하게 얽힌 인연 같기도 하고, 묘하게 꼬인 관계 같기도 하지만, 두 분의 이모와 우리 가족은 누가 누구를 원망하지도 않고, 누가 누구의 이해를 구하지도 않고, 밥 먹고 일하고 잠자고… 그냥 그렇게 살았습니다(제가 태어나기 전에 이모부께서 이미 돌아가신 때문인지도 모르겠습니다만).

안동이모는 매일 장사하느라 바쁜, 제 엄마를 거들어 집안 살림을 곧잘 했습니다. 가끔 저를 부엌으로 불러 일손을 돕게 하기도 했습니다. 주로 콩나물 다듬기, 멸치 다듬기, 양파 까기 등 잔손질이었지요. 콩나물 한 가닥 한 가닥 꼬리 따기, 멸치 한 마리 한 마리 배를 갈라 똥(내장) 빼기, 자질구레하고 귀찮기 짝이 없는 일이었습니다. 산더미처럼 수북이 쌓인 콩나물이나 멸치무더기 앞으로 끌려 나온 저는 한숨부터 폭폭 내쉬었습니다. 콩알만 한 게 한숨이냐고 머리를 쥐어박히면서도, 이 많은 걸 언제다 하냐, 이걸 오늘 다 먹을 거냐고 투덜거렸습니다. 오빠는 왜

안 시키냐, 가게에서 일하는 김양 언니라도 부르자 등등 나름 그럴싸하다 싶은 핑계도 이것저것 들어가며 미적거렸습니다.

그럴 때마다 이모는 찬장에서 풀빵 따위를 꺼내주며 저를 달랬습니다. 그리고 마치 시조창이라도 하듯 "예로부터 누운~처럼 게으른 게 읎꼬오~ 손처럼 부지런한 게 읎따아~"라고 읊기 시작했습니다. 그런데 정말 그 말대로였습니다. 분명 산더미처럼 쌓인 콩나물이었는데도, 하나하나 다듬는 지루한 손놀림인데도 시나브로 일은 끝나갔습니다. 심지어는 가지런하게 다듬어진 콩나물 더미 앞에서 이걸 언제 다 했나 싶어 스스로도 놀라웠습니다.

일제 말기 산골에서 태어났다는 이모. 솜씨 좋고 맵씨 좋은 처자였다는 이모. 그 시절에는 흔한 일이었다지만, 기막힌 첩살이를 시작했던 이모. 무슨 사연인지 아들 하나 데리고 본부인의 동생네를 찾아왔던 이모. 고향도 터전도 아닌 낯선 땅에서 살았던 이모. 자세한 내력을 일일이 들추지 않더라도, 이모의 삶은 그야말로 고달프고 신산했으리라 싶습니다. 그런 이모가 어린 제게 삶의 지혜를 일러주었던 듯합니다. 게으른 눈 대신 부지런한 손을 믿고 살아가라고 말입니다. 콩나물 한 가닥 집어 들듯, 멸치 한 마리 가르듯 그렇게 하루하루 살아가라고 말입니다.

『토지』에서 여옥은 친구 명희에게 그때 그 시골 할머니의 말을 전해주었습니다. 명희도 안동이모 못지않게 곡절 많은 여자의 일생이었습니다. 그녀는 10여 년 가까이 일종의 정략결혼 같은 생활을 하다 가까스로 이혼을 결심하고 친구를 찾아온 참입니다. 그녀는 여옥에게 현해탄에 빠져 죽은 여가수 윤심덕도 부럽고, 용감하게 배 타고 미국 이민을 가는 사람도 부럽다고 장탄식을 합니다. 자신도 인생에서 큰 변화를 일으키고 싶은데 막상 결단의 용기도, 간절한 열정도 없는 듯했거든요. 뭘 해야 할 것 같긴 한데 어디서부터 무엇을 해야 할지도 모르겠고 그저 초조하고 불안할 뿐입니다. 그런 명희에게 여옥은 "개미 뫼 문지듯이 가라" 하는 말을 전해주었습니다.

하루하루 아니 한 걸음 한 걸음 걷는, 그 '하나'를 알려준 것입니다. 하나하나 옮겨놓는 모래알로부터 내 삶이 쌓이고, 차곡차곡 쌓인 모래알들이 높은 산을 이룬다고 말입니다. 조밭 매던 할머니는, 모래알을 옮기던 개미는, 안동이모의 부지런한 손은, 산악인의 한 걸음은 모두모두 그러했습니다. 저도 가만 읊어보았습니다.

개미 뫼 문지듯이 가라. 개미 뫼 문지듯이….

"어쩌면 그 사람 운명 앞에 큰 대자로 누워버린 사람
아닐까요? 아주 편안하게요. 해서 자유롭게 거동하며
복종도 반항도 아닌 생각한 대로 구름 가듯이."

16권 287쪽

오토바이 소녀와
친구들

일찍이 부모를 여의고 산사(山寺)에서 자란 '몽치'를 두고 하는 말입니다. 저 홀로 컸을 정경도 애참하지만, 그 밖에도 말로는 부족할 쓰라린 사연이 차고 넘칩니다. 갈 곳 없이 떠돌던 산속에서 아비가 죽었습니다. 그 시신 옆에서 아이 혼자 며칠 밤을 지냈습니다. 하나밖에 없는 피붙이인 누이와는 생이별해서 10년 넘게 소식도 모릅니다. 어린 시절이 그러했으니, 열아홉이 되던 해 산을 내려와 통영으로 왔다 한들 누이를 만났다 한들, 고단한 상황은 크게 나아지지 않았습니다. 이 모두가 순탄치 못한 그의 운명인가 봅니다.

저의 고등학교 시절, 등하굣길을 같이 다니던 동네 친구가 있었습니다. 몹시도 시원시원하고 활달한 아이였습니다. 복도 저 끝에서부터 큰 목소리로 제 이름을 부르며, 잇몸을 활짝 드러낸 채로 호탕하게 웃던 아이였습니다. 그런데 그 친구가 2학년 1학기가 채 끝나기도 전에 학교를 그만두어야 한다고 했습니다. 학비가 감당이 안 된다는 거였습니다. 저는 부모님에게 친구를 도와달라 했고, 부모님은 저와 제 친구의 등록금을 함께 내주었습니다. 당시 제 부모님의 가게가 조금 넉넉한 형편이긴 했지만, 도대체 그때 제가 무어라 했는지, 부모님은 어떻게 제 말을 선선히 들어주었던 건지 잘 기억나지 않습니다. 더구나 그때의 앞뒤 상황은 지금 생각해봐도 묘합니다.

그 친구가 대단한 '절친'이라거나 '베프'였던 것도 아니고, 그렇다고 제가 특별히 착한 마음을 가진 것도 아니었는데, 어떻게 단박에 일이 그렇게 되었는지 아리송합니다. 이후의 기억도 애매하기는 마찬가지입니다. 부모님의 허락을 얻고 나서, 친구에게 제가 뭐라고 전했는지, 그 말을 들은 친구는 또 제게 뭐라 했는지 잘 모르겠습니다. 별다른 기억이 떠오르지 않는 걸 보면 특별한 말이 오갔던 것도 아니고 남다른 감정을 느낀 것도 아닌가 봅니다. 아마도 준다니 선선히 받고, 받았으니 고맙다, 그 정도였을 거라 추측할 뿐입니다.

이토록 모호하고 흐릿한 기억을 끄집어내는 건, 제게 그다음의 일이 각별하게 남아 있기 때문입니다. 제 부모님이 친구의 학비를 두어 번쯤 내준 후였습니다. 그 친구는 학교를 그만두었고, 시내 목재소에 사무 겸 보조 직원이 되었습니다. 그 아이가 학교를 관둘 때나 취직을 할 때도 그냥 그랬습니다. 더는 못 견디겠다며 눈물 뿌리는 슬픈 사연도 없었고, 학교를 관두고 돈벌이에 매달려야 한다는 침울한 분위기도 없었습니다. 꼭 그렇게 해야 하냐고, 같이 졸업하면 안 되냐고 제가 몇 번 매달리기는 했습니다만, 친구는 예의 잇몸 만개한 웃음을 터뜨리며, 고마 됐다, 하고 제 어깨를 툭툭 쳤습니다.

그런데 취직한 지 두어 주가 지난 무렵부터 친구가 찾아왔습니다. 보충수업과 야간자율학습이 모두 끝난 늦은 밤이었습니다. 오토바이를 부르릉거리며 교문 옆에서 친구가 기다리고 있었습니다. 복도를 울리던 그 쩌렁쩌렁한 목소리로 제 이름을 부르며, 가자, 집에 델따주께, 라며 오토바이 뒷자리를 내주었습니다. 오토바이 손잡이를 돌리기 전에는 으레 한마디씩 했습니다. 공부 열씨미 해라, 나도 대학생 친구 둬보자. 아마도 저는 이렇게 대꾸했던 것 같습니다. 지는 안 하면서, 내보고만 하라 카네. 고마 가자. 둘이서 키들키들 웃으며, 또다시 하굣길을 같이했습니다. 천천히 달리며 맞아들이는 밤바람은 뭔지 모를 짜릿한 느낌이었습니다.

오토바이 하굣길이 아마도 대여섯 달 이상 계속되었던 듯합니다. 때로는 오토바이에 오르기 전에 팝송이나 가요를 녹음한 테이프를 제게 쥐어주기도 했습니다. '영이가 숙이에게', 이런 곰살궂은 말로 시작하는 편지를 줄 때도 있었습니다. 목청 크고

씩씩했던 그 친구도 한편으로는 사춘기 감성이 가득한 소녀 '영'이었습니다.

그 시절 집이 가난해서, 딸자식이라 해서 힘겹게 살아간 소녀들이 여럿입니다. 새침하니 시 쓰기를 좋아하던 친구는, 대학 입시를 앞둔 즈음 국군간호사관학교를 지망했습니다. 원래부터 간호사라는 진로를 희망했던 것도 아니고 군인은 더더욱 아니었습니다. 다만 돈이 들지 않는다는 이유 하나로, 덜컥 간호사관학교로 떠난 친구였습니다.

아니, 고등학교까지 가보지도 못했던 소녀들도 많습니다. 계집애를 공부시켜 뭐 하냐는 말에, 집안이 가난하니 돈 벌어 오라는 말에 중학교 졸업도 감지덕지해야 했습니다. 그런 소녀들을 대상으로, 대구의 공장들은(주로 방직공장, 염색공장이었지요) 여공 겸 학생을 모집하러 왔습니다. 그곳에는 부설 학교(산업체 학교)가 있어 낮에는 공장 일을 하고, 밤에는 학교 과정을 밟으며 공식적으로 학력이 인증되는 졸업장까지 받을 수 있다고 했습니다. 돈도 벌고 학교도 다닐 수 있다며, 중학교 졸업 즈음이면 참 많이들 공장으로 향했습니다. 매년 큰 버스 두어 대가 아이들을 싣고 떠나는 모습을 보곤 했습니다.

학교 운동장에서 공장 버스가 출발하는 날, 반 친구끼리 조금씩 돈을 모아 빵과 우유, 귤 몇 개를 사 넣은 봉지를 들고 배웅하러 갔던 기억이 납니다. 그때 우리 반에서도 예닐곱 명쯤 공장으로 갔습니다. 지금 이름은 생각나지 않지만, 우리 반 3번(키 순서대로 매기는 번호였습니다), 주근깨 많고 키 작은 아이가 있었습니다. 반에서 늘 5등 안에 드는, 공부도 잘하는 아이였습니다. 유난히 마르고 하얀 그 아이는, 체육 시간이면 자주 쓰러져 양호실로 가곤 했습니다. 그 아이가 그날, 버스를 타고 한 손에는 빵 봉지를 들고 버스 창문으로 우리를 바라보며 손을 흔들던 모습, 평소처럼 순하게 웃으며 고개까지 끄덕거려주던, 주근깨 많은 그 얼굴이 지금도 생생합니다.

오토바이 소녀 '영' 그리고 사관학교로, 공장으로 갔던 소녀들. 작고 홀쭉했던 아이가 공장 생활을 잘 견디었을까, 수줍음 많던 문학소녀는 군대 생활에 잘 적응했을까, '영'이는 어디로 간 걸까… 이따금 친구들을 궁금해하면서 제가 어른이 되고 보니, 곳곳에 그녀들이 있었습니다. 어느 노랫말처럼 사계절이 돌고 돌도록, 청춘이 저물고 저물도록 그녀들이 힘겹게 돌린 '미싱'으로 우리나라가 돌아갔고, 그녀들이 흘린 땀과 눈물이 곳곳에 스며 있었습니다. 모든 사람이 역사 속을 살아갔고, 그 사람들의 삶이 결국 역사였던 겁니다. 일찍이 박경리 선생이 "사람 하나하나의 운명, 그리고 그 사람의 현실과의 대결을 통해 역사가 투영"된다 말했던 것처럼 말입니다.

『토지』의 '몽치'도 역사 속의 사람이었습니다. 그는 어른이 되어 통영에서 어장 일을 봐주며 '뱃놈' 생활을 시작했습니다. 그런데 시국 상황이 살벌해질수록 오히려 더 가슴이 커지고 더 담대해졌습니다. 태평양전쟁이 벌어진 가운데 징용을 피해 도망 온 사람을 어장 일꾼으로 숨겨주는 일도 서슴지 않습니다. 올곧은 성미가 마음에 든다고, 아이 딸린 과부에게 냅다 장가가는 총각이기도 했습니다. "한 분 살믄 그만인데" 사내자식이 더럽게 살 수는 없다며, 의병 활동에도 더 깊숙이 다가갔습니다. 두려움 따위는 산속에서, 바람소리밖에 없던 그곳에서 아비 시체 곁을 지키며 이미 다 겪어버렸다 합니다. 그는 험난한 운명 앞에서 자유롭게, 복종도 반항도 아닌 제 생각대로 구름 가듯 그렇게 살아갔습니다.

하지만 제 친구들, 그때 그 어린 여학생들은 '몽치'처럼 살기에는 힘이 모자랐나 봅니다. 그래도 운명 앞에 큰 대자로 드러눕지는 못할지언정 운명에 눌려 옴짝달싹하지 못하는 소녀들은 결코 아니었습니다. 그녀들은 제 몸보다 더 무거웠을 운명을 짊어지고 길 떠나기를 두려워하지 않았습니다. 학교를 관둘지언정, 낯선 곳으로 떠날지언정 그녀들은 결코 걸음을 멈추지 않았습니다. 어쩌면 그때 그 여학생들이 지금 어딘가에서도 자신의 운명을 선선히 짊어지고 살아가고 있을 것 같습니다. 어쩌면 지금도 결코 가볍지는 않을 삶의 무게를 지고 있겠지만, 내 친구 그녀들은 그때처럼 제 걸음을 내디디고 있을 겁니다. 힘겹게, 그러나 결코 매여 살지 않았던 이 땅의 많은 사람처럼 말입니다.

내 친구들, 이제는 그녀들이 "어느 누구에게도 매여 살기를 싫어하는 자유인이며 방랑자요 자기 존엄을 위해서는 한 치의 양보도 없는 대담함"으로 "운명 앞에 큰 대자로 누워버릴 수 있기"를 바랍니다. 그 옆에 저도 누워, 우리 모두 깔깔 웃음을 터뜨리기를 바랍니다. 그리고 오토바이 소녀와 친구들 옆에서, 저도 이렇게 말하고 싶습니다.

글쎄올시다. 왠지 그렇구먼요. 어쩌면 내 친구들은 운명 앞에 큰 대자로 누워버린 사람 아닐까요? 아주 편안하게요. 해서 자유롭게 거동하며 복종도 반항도 아닌, 생각한 대로 구름 가듯이 가는 사람들 아닐까요. 내 친구들을 따라 나도 그리할 겁니다.

"물(物)과의 인연 말입니다…. 정성을 다할 때 그것은
하나의 인연이오."

20권 95쪽

속초 횟집
아주머니

『토지』에서 '꼽추도령'이라 불렸던 '조병수'. 그런 자식을 남
먼저 부끄러워하고 정신적 학대나 다름없이 가혹하기만 했던
부모, 최참판댁 재산을 몽땅 가로채고도 여전히 탐욕스럽던 부
모. 그 극악한 부모와 다르게, 선하디 선한 '병수'가 제 스스로
자립코자 시작했던 것이 목수 일이었습니다. 통영에서 내로라
하는 소목장이 된, 늘그막의 '조병수'에게 누군가가 물었습니다.
어떤 장이바치°가 큰일을 하나 끝내고 나면 설움이 왈칵 솟는다
더라, 그건 뭐냐고. 그때 '병수'가 답한 것이 '물(物)과의 인연'입
니다. 일한다는 것은, 한갓 물건일지언정 정성을 다하여 그것과

○ 물건 만드는 사람, 기술자를 낮춰 부르는 말. 갖바치(가죽신 만드는 사람)와 비슷한 방
식의 낮춤말이다.

인연을 맺는다는 것이며, 그러니 일이 끝난 후 물건을 떠나보낼 때 슬프고, 그 슬픔 때문에 서럽다고 말입니다.

그런 인연을 이야기하는 또 다른 사람도 있습니다. 『토지』에서, 1910년대 즈음 용정이었습니다. 길에서 마주친 지게꾼을 보고 '길상'은 깜짝 놀랍니다. 아니 왜 지게를 지시냐고. 지게꾼은 덤덤한 얼굴로 목구멍이 포도청이니… 라며 말을 흐리고 맙니다. 생업이 따로 있는데 왜 이러시느냐고, '길상'은 당혹스러움과 안타까움이 뒤범벅된 채로 어쩔 줄 몰라 합니다. 그 지게꾼은 원래는 갖바치였던 '박서방'이었습니다. 그러니 소위 기술자가 왜 막노동을 하는 지경이 되었나 싶었던 거지요.

『토지인물사전』에 따르면, 『토지』에 등장하는 박서방은 일곱 명이나 됩니다. 최참판댁의 하인 박서방, 이부사(이동진)댁의 하인 박서방, 농부 박서방, 용정 상의학교 학교지기 박서방, 대장장이 박서방, 농부이자 나무장수 박서방 그리고 지금 여기서 말하는, 지게를 짊어지고 나선 갖바치 박서방입니다. 총 일곱 명의 박서방 중 이름이 있는 사람은 이부사댁 하인인 '억쇠' 한 사람뿐입니다. 나머지는 그저 박서방 1, 박서방 2, 박서방 3 등으로 구별될 따름입니다. 이름도 없이 성만 있는 박서방들 중 하나인 지게꾼 박서방은 더구나 천민이나 다름없는 갖바치였습니다.

그런 '박서방'이 '길상'에게 속마음을 털어놓습니다. 모두들 생업 생업 하지만 다 옛날 얘기다. 그저 지게 지는 게 마음이 편하다고 말이지요. 그런데 '박서방'의 생업이었던 신발 짓기가 옛날 얘기가 되어버렸다는 건 소위 고무신 따위의 신문물 탓만은 아닙니다. 한때 갖바치였던, 이제는 지게꾼이 되어버린 '박서방'은 다시 말을 이어갑니다. 꽃 같고 달덩이 같은 신부 발에 신겨지는 신발일지라도 필경에는 해어지고 버려져야 하니 그것도 퍽이나 서글펐는데, 이제 개명 세상이 되고 보니 눈이 짓무르도록 내 맘을 다해서 지은 신발이 돈 몇 푼과 맞바뀌지더라고. 성심성의껏 지은 신발이 그냥 몇 푼 돈을 남겨놓고 떠나는 것을 참말로 견딜 수 없었다고. 그러니 차라리 품팔이해서 죽 한 그릇 먹는 게 맘이 편하더라고 말입니다.

'박서방'이 말한 '개명 세상'은 도대체 어떤 세상인 걸까요. 갖바치에게 신발 짓기는 생업, 밥 벌어먹는 일이기도 하지만, 그보다 앞서 내가 만든 신발을 신을 누군가를 헤아리는 일이었습니다. 그의 마음을 담은 신발들은, 꽃신이 되어 수줍은 새색시에게, 갖신이 되어 호기로운 양반님네에게, 설빔이 되어 동네 아이에게 보내졌습니다.

경제학자들의 말을 빌리자면, '박서방'의 노동은 사물과 분리되지 않는 인격적인 상태였던 거지요. 생산자의 노동이 사물과 분리되어 화폐로 교환되고, 그 생산물과 소유자의 연결 또한 화폐로만 교환되는 것, 이것이 자본주의경제의 기본 구조입니다. 마르크스는 이런 분업과 교환 과정으로부터 인간의 노동이 소외되는 현상을 지적하기도 했습니다. 분업 과정에서는 자신의 노동이 무엇을 만들어내는지 감지하기 어렵습니다. 그 생산물이 어디로 가서, 누가 쓰는지, 어떻게 쓰일지도 모릅니다. 마찬가지로 화폐를 매개로 사물을 소유하려는 자는, 그것을 누가 만들었는지, 어떻게 나에게 오게 된 것인지 짐작할 수 없습니다. 사물의 생산과 교환 관계에서 만드는 사람, 쓰는 사람, 전하는 사람 등등의 모든 사람의 흔적이 사라져버리는 것이지요. 이를 두고 게오르그 짐멜은 화폐의 비인격적 특성이 발휘되는 것이라 지적하기도 했습니다. 화폐로 이루어지는 교환 관계 속에서는 사람의 흔적이라 할 만한, 모든 인격적 요소가 사라져버렸다는 것이지요. 이런 화폐의 비인격성은 서로 다른 물건과 사람을, 형식상 절대적으로 평등하게 만들어버리기도 한다고 짐멜은 덧붙입니다.

  돈만 있으면, 어떻게 그 돈을 모았든 누구의 돈이든, 그 돈을 지불하고 물건을 소유할 수 있습니다. 예를 들어 천 원짜리 화폐는, 도시이든 시골이든 백화점이든 교도소이든 그 어디든 간에, 재벌의 천 원이든 노숙자의 천 원이든 간에 똑같이 천 원만큼의 가치를 발휘합니다. 또 서로 다른 사물은 그것이 과자든 비누든 볼펜이든 그 쓰임새가 무엇이든 어떻게 만들어졌든 누가 만든 것이든 간에 그저 천 원이라는 동등한 가치(교환가치)로 표상되어버립니다. 일찍이 아리스토텔레스가 이 놀라운 교환을 보고 그랬다지요. "오, 세상에… 침대 하나와 돼지 한 마리가 '교환'된다니. 그것들은 각기 매우 다른 방식으로 '좋은 삶'에 기여하는데, 어찌하여 단일한 화폐로, 똑같은 가치를 매길 수 있는가". 사람과 사물의 개별적이고도 고유한 질적 가치를 한순간에 균등하게 만들어버리는 화폐의 마법 같은 힘인 겁니다.

노동으로부터 사물로부터, 인간이 배제되는 이런 모습은 영화 〈모던타임즈(Modern Times, 1936)〉에서도 생생하게 그려집니다. 유명한 희극배우 찰리 채플린이 직접 연출하고 주연을 맡았던 〈모던타임즈〉는 분업 과정이 자동화된 제조공장의 모습을 그리고 있습니다. 공장 노동자로 분장한 채플린은 몇몇 동료와 하루 종일 나사 조이는 일만 합니다. 나사를 조여 무엇을 만드는 것인지 아무도 모릅니다. 그저 자동적으로 옮겨 가는 컨베이어 벨트의 속도에 맞추어, 재빨리 스패너를 돌려 나사를 조여야만 합니다. 그 속도를 따라가지 못하던 채플린은 우스꽝스러운 실수 연발로 관객에게 웃음을 주기도 합니다.

하염없이 나사만 조이던 채플린은 휴식 시간이 되어 컨베이어 벨트가 멈춰도 스패너를 돌리는 손짓을 멈추지 못합니다. 마치 자동 반사처럼 저도 모르게 두 손을 휙휙 돌려댑니다. 심지어 세상 모든 것이 자신이 조여야 할 나사로 보입니다. 길거리의 소화전에 붙은 나사도 돌리려 하고, 여성의 치맛자락이나 원피스 앞자락에 붙은 커다란 단추마저 나사로 착각하고 조이려 합니

다. 경쾌한 음악이 흐르는 가운데, 그는 과장된 몸짓으로 뒤뚱뒤
뚱 천지사방에 스패너를 들고 달려듭니다.

　팔자형 콧수염과 짙은 아이라인을 그린 눈을 찡긋거리며 연
신 나사를 돌리려 드는 채플린의 모습. 그리고 '개명돼가는 세
상'을 따라가지 못하고 지게를 짊어진 갖바치 박서방. 아마도 이
들은 인간의 노동, 그 의미와 가치가 사라진 모습을 적확하게 드
러냈다 싶습니다. 이들에 비해 '조병수'는 노동하는 인간의 의미
를 간직한 사람처럼 보입니다. 그는 '자신에게 주어진 운명에 대
한 물음과 근원에서 오는 절실한 소망' 때문에 물(物)과 인연을
맺는다고 했으니까요.

　어느 해 겨울, 속초로 여행 갔을 때의 일입니다. 바닷가 작은
횟집에 들어갔습니다. 맛만 보자며 시킨 물회 한 그릇이, 참 맛
있었습니다. 여러 가지 횟감과 채소는 물론 국수사리까지 연신
먹다 보니, 어느새 매콤한 국물만 흥건히 남아 있었습니다. 모두
아쉬워하는 표정이 역력했습니다. 하지만 주문을 더하자니, 이
미 배가 부르고, 그런데도 여전히 조금 더 먹고 싶긴 하고, 난처
했습니다. 고민 끝에 주인아주머니에게 솔직하게 말씀드리기로
했습니다. 우리는 배가 불러 주문을 추가하기는 부담스럽다, 그
런데 물회를 조금 더 먹고 싶다, 혹시 횟감만 만 원어치 정도 더
주실 수 있겠냐, 횟감만 더 주시면 여기 남은 국물에 넣어 먹으
면 될 거 같다… 이렇게 말입니다.

아주머니는 그저 고개 한 번 끄덕이더니 얼마 후 대접 하나를 가져다주었습니다. 그런데 말입니다. 국수사리만 없을 뿐 횟감은 물론 각종 채소와 양념을 푼 국물까지 거의 처음에 주문했던 물회 대짜와 영락없이 똑같은 한 그릇이었습니다. 깜짝 놀란 우리는, 혹시 말을 잘못 들으셨나 싶어 얼른 아주머니를 다시 불렀습니다. 아니, 횟감만 만 원어치 더 주십사 하지 않았느냐고. 아주머니께서는 아무렇지도 않게 말씀하시더군요.

아이고, 회만 뭔 맛으로 먹을겨, 고루 갖춰야 물회 맛이 나지.

도대체 무슨 뜻인지, 그럼 이게 얼마짜리 물회라는 건지 알 수가 없었습니다. 하지만 계속 물어보자니 뭔가 따지려 드는 것 같고, 기왕 차려졌으니 먹을 수밖에 없겠다 싶었습니다. 그런데 다 먹고 난 뒤, 또다시 어안이 벙벙해졌습니다. 내심 물회 대짜 두 그릇 값을 치를 각오로 다가간 우리에게, 아주머니는 물회 대짜 하나에 딱 만 원을 더 보탠 계산서를 내미신 겁니다. 아니, 저기 계산이. 뭐가요? 물회 값이 저기. 나중에 추가한 거를 만 원으로 쳤는데, 뭐가 잘못되었소?

아주머니께 돈을 드리고 식당을 나온 우리는 그저 묵묵히 걷기만 했습니다. 누가 틀린 것도 아니고 누가 잘못한 것도 없었습니다. 그런데도 뭔지 모를 찜찜함에 불편했습니다. 한참 후에야 비로소 그 불편함의 정체를 알아차렸습니다. 우리는 만 원이라는 가격을 따졌습니다. 그런데 횟집 아주머니는 돈이 아니라 음식과 사람을 생각했던 겁니다. 아주머니는 횟감 한 무더기의 가격이 아니라, 그릇에 담길 음식을, 그 음식을 먹을 사람을 챙겼던 거지요. 그 아주머니에게는 내가 만든 음식을 누군가가 맛있게 먹어주는 것이 중요했고, 우리에게는 그 음식이 얼마짜리인지가 중요했던 것입니다. 물회 한 그릇에 담긴, 그 엄청나고도 놀라운 차이를 깨닫고 나니 참으로 부끄러워질 수밖에 없었습니다.

이제는, 그때 그 아주머니에게 갖바치 박서방과 소목장 '병수'의 말을 전해드리고 싶습니다. 다시 속초 횟집을 찾아가, 아주머니의 마음이 담긴 물회를 후루룩 먹고 싶습니다. 물(物)과의 인연, 정성을 다하는 그 인연을, 사람과 사람 사이에도 맺어보고 싶습니다.

"사람이 사람 아니게 되어가는 공포."

6권 81쪽

구의역
김군

2016년 5월, 어느 토요일이었습니다. 한양대에서 열린 학술대회를 마치고 나온 참이었습니다. 지하철역으로 갔습니다. 전광판에는 운행이 지연되고 있다는 안내가 나오고 있었습니다. 하지만 그날 일이 모두 끝났으니 저는 바쁠 일이 없었습니다. 게다가 오랜만에 만난 후배와 같이 있으니 느긋하기까지 했습니다. 한참 후, 이야깃거리도 궁해지고 다리도 뻐근해졌습니다. 그러나 전광판은 여전히 운행 지연만을 알리고 있었습니다.

그제야 우리들의 화제는 지하철 연착으로 옮겨 갔습니다. 이유가 뭐든 자꾸 늦어지는 지하철 때문에 슬슬 짜증이 났습니다. 전광판과 안내방송은 불편을 드려서 대단히 죄송하다는 말을 연신 내보내고 있었지만, 그야말로 '불편한 마음'은 쉽사리 가라앉지 않았습니다. 그러고도 한참이나 시간이 흐른 후였을 겁니다. 지하철이 도착했고, 후배와 저는 혼잡한 틈을 비집고 투덜대며 귀갓길에 올랐습니다.

그날 밤이었습니다. 집으로 돌아온 저는 깜박 선잠이 들었나 봅니다. 휴대폰이 울리는 소리에 놀라 일어났습니다. 지하철을 같이 기다렸던 후배였습니다. 언니, 언니. 그녀는 허둥대는 목소리로 오늘 지하철이 그리 늦어졌던 게 구의역에서 사고가 난 때문이었다고 알려주었습니다. 스크린도어를 수리하던 하청 노동자가 목숨을 잃었다고. 그녀와 제가 있었던 한양대역에서 불과서너 정거장 떨어진 곳에서 벌어진 사고였습니다.

열아홉 살 김군. 지금껏 '구의역 김군'으로 불리는 그는 외주정비 업체 소속이었습니다. 그날 그는 고장 난 스크린도어(안전문)를 수리하다 승강장에 들어오는 전동차와 안전문 사이에 끼여 숨졌습니다. '김군' 이전에도, 그 이후에도 그러했습니다. 고장 난 냉동기를 고치다가, 멈춰버린 무빙워크를 수리하다가, 컨베이어 벨트를 점검하다가, 생수를 포장 운반하다가… 사람들은 목숨을 잃었습니다. 김군 또래의 아이들부터 이삼십 대 청년이나 늙수그레한 어른들까지 그랬습니다. 또 자살이라 하지만, 기계에 빨려 들어가듯 어쩔 수 없이 죽음을 택했던 사람들도 허다합니다. 그들은 콜센터로 걸려온 전화를 받다가, 혹은 TV드라마 제작 현장에서, 식품 공장 포장 구역에서, 외식업체의 조리 과정에서 더 이상 견딜 수 없다고 비명을 지르며 삶을 마감했

습니다. 자기 생명을 몰수당하다시피 한 이런 사람들을 기록한
『알지 못하는 아이의 죽음』은 우리에게 이런 질문을 합니다.

"어떤 사람들은 왜 죽음을 통해야만 겨우 보이게 되는 것일
까?"°

이 글을 쓰고 있는 제 노동의 경험은 빈약합니다. 이십 대 후
반부터 지금껏 밥벌이를 하기는 했습니다만, 소위 '가방끈 길이'
라는 학력 덕분에 주로 선생 노릇을 했을 뿐입니다. 중고등학생
을 가르치던 보습학원 선생이나 과외 선생이기도 했고, 도서관
이나 자치단체 프로그램의 강사이기도 했고, 대학에서는 시간
강사·연구교수·초빙교수·겸임교수·객원교수 등으로 제각각
이름은 달랐지만 하여간 가르치는 사람이었습니다. 최저생계
비에도 못 미치는 평균 강의료를 받는 시간강사를 '보따리장수'
라 푸념하기도 하지만, 어쨌든 저는 선생님이라고, 교수님이라
고 불렸습니다. 전임교원으로 분류되는 지금에 이르기까지 저
는 늘 '선생님'이라는 포장지 뒤에서 안온하게 살아왔습니다. 우
리 사회에서는 학력자본과 같은 일종의 문화자본도 꽤 힘이 있
었기 때문입니다. 구의역 김군을 비롯한 '알지 못하는 아이들'의
죽음이 대체로 대학 진학을 하지 않고 고교 졸업 이후 곧장 취
업한 경우였다는 것도 이와 무관치 않습니다. 한편 '위험의 외주

○ 은유, 『알지 못하는 아이의 죽음』, 돌베개, 2019.

화', '죽음의 외주화'라는 말처럼 최대 이익을 위해 비정규직 노동과 외부 용역(아웃소싱), 다단계 하도급 등을 행했던 노동 방식도 그들의 죽음과 깊은 연관이 있습니다.

학력이 우선되고, 이익이 우선되는 과정에서 김군과 '알지 못하는 아이들' 그리고 어른들은 목숨을 잃어야 했습니다. 그것이야말로 "사람이 사람이 아니게 되어가는 공포"를 보여주는 일이었습니다. 그렇습니다. 그들은 사람입니다. 그들은 전화 뒤에서, 카메라 뒤에서, 식품 더미 뒤에서, 엘리베이터 뒤에서, 지하철 뒤에서… 이 세상 곳곳에서 우리와 함께 있는 사람이고, 우리의 일상은 그들의 노동으로 인해 굴러가고 있습니다. 하지만 우리는 자주 우리와 함께 있는 사람, 우리 뒤에 있는 사람들의 존재를 보지 못합니다. 아니, 보지 않습니다. 그들이 내지르는 비명조차 듣지 못하고, 듣지 않습니다. 그들은 "죽음을 통해야만" 우리에게 겨우 보일 따름입니다.

그날, 한양대역에서 저도 그랬습니다. 저는 지하철이 늦게 오는 '불편'만을 불편해했습니다. 저는, 지하철 뒤에 있는 사람은 보지 못했고, 사람을 보지 않은 채로 계속 살아왔기 때문입니다. 마찬가지로 지하철공사는 '승객'에게 끼치는 '불편'을 죄송하다 합니다. 그 '불편'에는 지하철 뒤에 있는 사람이 존재할 수 없습니다. 마찬가지로 대형 마트의 무빙워크를 수리하던 청년이 숨진 바로 그 장소에, 쇼핑에 불편을 끼쳐 죄송하다는 "참담한, 자본의 애도"만이 내걸립니다.° 그것은 사람의 죽음보다 쇼핑하는 사람 아니 쇼핑으로 생기는 이익만을 보는 참담함입니다.

그동안 저는 '인건비'라는 단어를 일상적으로 쓰고 읽어왔습니다. 하지만 그날 한양대의 '불편' 이후, 저는 인건비라는 말도 참으로 무섭습니다. 영업이익과 순수익을 계산하는 과정에서 '인건비'와 '물건비'는 털끝만큼의 차이도 없는 '지출경비'로 계산됩니다. 그래서 인건비를 절약해야 하고, 인건비가 부담스럽고, 인건비가 급증하고 있어 고민이랍니다. 종이 한 장을 아끼고, 물 한 컵을 아껴야 하는 것과 똑같이 인건비도 아껴야 합니다. 노동자가, 사람이 '비용을 일으키는 요인'으로 규정되는 것입니다. 이 연장선상에 '위험의 외주화', 힘들고 어려운 일을 하청업체에 떠넘기는 방식이 생겨납니다. 그것은 사람을 보지 않고, 사람을 생각하지 않고, 비용을 일으키는 요인을 최대한 줄여나가는 것에만 집중하는 방식이기 때문입니다. 이러할 때 박경리 선생이 말한 "사람이 사람 아니게 되어가는 공포", 그것을 목도할 수밖에 없습니다. 그래서 그것은 '구의역 김군'과 '내가 알지 못하는 아이'와 어른에게만이 아니라, 나와 우리 모두를 덮치는 공포입니다.

지난 5월, 김군 사망 3주기를 맞아 구의역 스크린 도어 앞에

○ 김민섭, "[직설] 참담한, 자본의 애도", 『경향신문』, 2018. 4. 18.

는 추모 문구가 적힌 메모가 수없이 나붙었습니다. 즉석밥과 생일 케이크도 차려졌습니다. 이 음식들은 김군이 사고를 당한 그날이 그의 열아홉 번째 생일 전날이었고, 사고 이후 유품에서 컵라면이 나왔다는 기사를 기억한 누군가의 마음 씀이었습니다. 또 누군가는 "그곳에서는 천천히 먹어"라는, 슬픈 메모를 남겼습니다. 또 누군가는 "구의역 근처에서 평생을 살면서 당신과 같은 분들 덕분에 편리한 삶을 살았습니다. 감사합니다. 당신을 잊지 않겠습니다"라고 했습니다. 그리고 "당신을 기억하겠습니다. 나도, 또한 당신입니다", "우리는 모두 이 죽음에 책임이 있다"라고 했습니다. 아마도 이들은 사람이 사람 아니게 되어가는 그 공포가 김군과 우리 모두의 것임을 감지한 사람들일 겁니다. 그리고 그 공포를 '지금, 여기에서' 기억하려는 사람들입니다.

저의 이 글 또한 그날의 지하철역을 기억하는 일이 되었으면 합니다. 저는 그날의 공포가, 김군과 알지 못하는 아이와 어른의 공포가 제 것이자 우리 모두의 것임을 기억하고 싶습니다. 우리 곁에 있는 사람과 우리 뒤에 있는 사람을 보고, 그들의 목소리를 듣는 일을 잊지 않고 싶습니다. 잘못된 것은 우리들, 사람들의 마음이기 때문입니다.

"하늘땅을 보믄 살아볼 만한 세상인데 우째 사람들 맴이 눈비겉이 질척거리는지 모리겄다." 10권 417쪽 이 말이 그래서 더 아프게 다가옵니다.

"머릿속에 도판을 그리기보다 땅을 먼저 밟아야
하네."

18권 436쪽

'쎈 언니'
문탁쌤

일제 말기의 학병 징집과 징용을 피해 지리산으로 찾아드는 조선 청년에게, 일명 '해도사'°라 불리던 이가 당부한 말입니다. 그 청년들은 비록 산에 숨어 사는 처지이지만, 식민지 조국의 현실에 울분을 터뜨리며 일본을 타격할 궁리를 찾느라 여념이 없습니다. 그들에게 '해도사'는 용기도 중요하지만 지혜로움이 앞서야 한다며, 머릿속에 도판을 그리기보다 땅을 먼저 밟아야 한다고 일러줍니다.

고(故) 신영복 선생이 20여 년의 수감 생활 동안 만난 사람 중에 노인 목수가 있었다 합니다. 어느 날 그 목수는 소싯적 이야

○ 본명은 '성도섭'으로 이름난 지관 집안의 후손이었지만, 집안이 풍비박산되고 그 와중에 자신 또한 세 번이나 장가가는 등의 곡절을 겪는다. 이후 지리산에 와서 은거하다시피 살지만, 도솔암을 중심으로 한 지리산 모임에 합류해 독립운동에 참여한다.

기를 시작하면서 집을 그려 보았습니다. 땅바닥에 나무 꼬챙이로 아무렇게나 그린 집 그림을 보고 신영복 선생은 깜짝 놀랐답니다. 집 그리는 순서 때문이었지요. 주춧돌부터 시작해서 지붕을 맨 나중에 그리는 노인 목수의 그림을 보고, 선생은 깊은 깨달음을 얻었다 합니다. "일하는 사람은 집 그리는 순서와 집 짓는 순서가 같구나. 그런데 책을 통해 생각을 키워온 나는 지붕부터 그리고 있구나"라고 말이지요.°

이와 비슷한 맥락에서 선생은 또 다른 감옥 일화를 들려줍니다. 당시 수감자들끼리 편을 나누어, 내기 축구를 하는 일이 종종 있었다는군요. 물론 교도관 몰래 은밀히 행해지는 시합이었지요. 이긴 편이 차지할 대가는 일명 '벽돌 빠다'로 불리는 마가린 덩이였습니다. 부실한 식사를 다소나마 채워줄 '벽돌 빠다'를 더 많이 차지하기 위해, 재소자들은 치열한 축구 시합을 벌였습니다. 그런데 어느 날 갑자기 보안계장이 들이닥쳤고 내기 시합을 하던 재소자들은 전부 매타작을 당하게 되었습니다. 소위 '잡범' 재소자들이 신선생은 뒤로 빠지라고 눈짓을 했습니다. 저들이 나를 '먹물'(지식인을 하대해 부르는 은어)이라 얕잡아 본다 싶어 은근히 자존심이 상한 선생은 오히려 앞으로 나섭니다. 이래 봬도 내가 매를 얼마나 잘 견디는지 봐라, 내가 남산을 거쳐서 온

○ 신영복, 『담론』, 돌베개, 2015, 231쪽.

몸이야, 라고 큰소리치면서요. 그 시절 사상범이었던 선생은, 수감되기 전 통일혁명당 사건에 연루되어 '남산 중앙정보부'에 끌려가 지독한 고문을 당했더랬습니다. 선생은 '나, 책만 보는 좀생이 아니다. 독재정권에 온몸으로 항거한 운동가다'라며 존재 증명을 하고 싶었던 듯합니다.

그런 신영복 선생의 차례를 가로채다시피 나서며, 소위 '1번 빳다'를 자처한 재소자가 있었습니다. 그런데 그 사람의 '빳다' 맞기는 유별나기가 이를 데 없었습니다. 일단 엎드리지 않습니다. 발로 차이고 쥐어 박히고 얻어터지면서도 고분고분 엎드리지 않습니다. 엎드리는 척하다가 때리려는 찰나에는 벌떡 일어나 말도 안 되는 변명을 늘어놓습니다. 그러다 더 이상 미루지 못하고 엎드려 매를 맞게 되면 그 또한 가관이었습니다. 매가 닿자마자 에구구 소리를 지르며 저만치 데구루루 굴러가서 불러도 오지 않고 개기는 겁니다. 누가 봐도 엄살과 과장이 가득한 '1번 빳다'의 매 맞기였습니다. 화가 치민 교도관이 소리를 질러대도 그는 아랑곳없이 갖가지 모습을 연출하며 시간을 질질 끌기만 했습니다. 결국 '빳다' 세 대로 그의 매타작은 마무리되었습니다. 두 번째 재소자들부터는 순순히 '빳다' 세 대씩 맞고 빨리빨리 물러났습니다. 선생이 나중에야 알게 된 사실이지만, 교도소의 매타작은 제일 처음 맞는 사람의 매질 횟수가 기준이 되어 모든 사람에게 적용된다는 겁니다.

그제야 신영복 선생은 자신이 얼마나 어처구니없었는지를 알게 되었습니다. 선생은 자신이 매를 맞고 견디는 그것만 생각했던 것입니다. 그러나 '1번 빳다'를 비롯한 모든 재소자가 자기보다 다른 사람들이 맞을 매를 먼저 생각했습니다. '1번 빳다'는 그야말로 '영웅적 투쟁'을 했고, 그 덕분에 다른 모든 사람이 훨씬 편안할 수 있었습니다. 노인 목수나 '1번 빳다'로부터 신영복 선생은 머릿속 생각, 자기만의 생각으로부터 벗어나 현실을 살아가는, 우리 모두의 삶을 배웠다고 말합니다.°

『담론』에서 신영복 선생은 이런 배움을 "머리에서 가슴으로, 가슴에서 발까지 여행"이 이어지는 것이라고 설명합니다. "땅을 먼저 밟아야 한다"라는 해도사의 말이 바로 그러한 여행이다 싶습니다. 머릿속 생각과 실제가 다르고, 지식과 실천의 간극이 있음을 직시한다면, 해도사의 말처럼 도판을 그리는 것보다 땅을 먼저 밟아야 하니까요. 이 글을 쓰는 저 또한 소위 '먹물'입니다. '책상물림'에 지나지 않습니다. 이런 제가 밟아야 할 땅은 어디일까요. 그 답을 조금이라도 궁리해보자면 아마도 이러할 듯합니다.

"소박하게 공부하고, 공부한 만큼 살아가기."

이건 제가 만든 말이 아닙니다. 마을 인문학 공동체 '문탁네트워크'가 내건 말입니다. 그리고 그 공동체 발기인 격인 사람들

○ 신영복, 『담론』, 돌베개, 2015, 244~249쪽.

중 하나인 '문탁(問琢이라는 뜻의 닉네임)쌤'은, 예전 지식인 연구 공동체였던 '연구공간 수유＋너머'(이하, '수유너머')에서 10여 년을 같이 지냈던 선배입니다. 그런 인연으로 저는 문탁네트워크를 가끔 기웃거리며, 책도 읽고 밥도 먹고 그랬습니다.

수유너머가 소위 제도권(학교) 밖에서 자율적 지식인 공동체를 지향했듯, 결은 조금 다르지만 문탁네트워크도 국가와 자본으로부터 자유로운 마을 공동체를 만들고자 했습니다. 그런데 '문탁쌤'은 말입니다. 그 옛날 수유너머에서도 '빡센 공부'를 주창하는, 그야말로 둘째가라면 서러워할 정도의 '쎈언니'였습니다. 세미나 시간에 지각하거나, 제대로 책을 읽지 않고 세미나에 오는 사람들에게 호되게 소리 지르는 건 아주 흔한 일이었습니다. 실제로 그녀의 꾸지람에 울음을 터뜨린 후배도 여럿이었습니다.

그런 그녀에게도 약점(?)은 있었습니다. 빡센 공부를 외치면서도, 정작 자신의 박사 논문은 쓰지 못한 것이었지요. 저와 몇몇 후배는 가끔 '문탁쌤'을 놀리듯 "아, 박사도 아닌 사람이 뭘 저렇게 큰소리친대?" 하며 장난을 치기도 했지요. 그 당시 수유너머는 학위 따위의 학력을 중요하게 여기지도 않았고, '문탁쌤'은 수유너머 안팎으로 바쁜 활동가였기 때문이기도 합니다만, 하여간 그녀는 정말 '빡세게' 공부하는 사람이었음에도 불구하고, 끝내 박사학위 논문을 완성시키지 못했습니다. 아니, 완성하지 않았습니다. 제가 기억하는 '문탁쌤'의 논문 주제는, 평소 자신의 관심사였던 여성교육과 평생교육 분야였습니다. 하지만 그녀는 박사 논문에 담기는 교육 연구 대신, 실제로 '교육'을 스스로에게 그리고 동료들에게 해나갔습니다. 사전적 의미 그대로 "지식과 기술 따위를 가르치며 인격을 길러주는 일" 말입니다.

이후 수유너머가 흩어지고 나서 그녀는 잠시 침잠하나 싶더니, 자신이 살던 아파트 거실에서 이웃들과 함께하는 공부 모임을 만들었습니다. 그 모임이 현 문탁네트워크의 출발점입니다. 그리고 이번에는 '마을 인문학'을 내세웠습니다. 동네 사람들이 모여서, 그것도 대부분은 아줌마들이 모여서 하는 공부였습니다. 그러고는 그야말로 평생교육의 장이 펼쳐지더군요. 중장년이 자신의 노년을 위한 공부, 동네 아이들과 청년이 자신을 키우는 공부를 하면서 말입니다. 그 모두는 "스타플레이어는 한 명도 없지만 '웬만해선 막을 수 없는' 동네 축구팀 같은 그런 팀"이 되어버렸습니다. 그들 스스로도 신기해하더군요. "가끔씩 생각한다. 이 공부는 도대체 뭘까?"라면서 말입니다.°

그들의 공부는, 쎈언니 문탁쌤의 공부는 아마도 삶을 장식하거나 위안하는 데 쓰이지 않는 듯합니다. 그 공부는 삶 외에는 그 무엇도 목적으로 삼지 않는 것일 겁니다. 그래서 소박하게 공부한 만큼 '다르게' 살아가는 것을 내세울 수 있었다 싶습니다.

○ 문탁네트워크 사람들, 『문탁네트워크가 사랑한 책들』, 북드라망, 2018, 19쪽.

그런 그녀가 입버릇처럼 늘 달고 다니는 말 중 하나는 '실험'입니다. 이걸 실험해보고 싶어, 이게 내 실험이야, 이런 실험을 하고 있어… 등등. 실제로 해본다는 뜻의 '실험'은 지금-여기의 일들과 다른 것의 시작을 가리키는 말이기도 합니다. 그렇습니다. 그녀의 실험은 그녀의 삶이자 공부였던 것입니다.

제 공부도 그러했으면 좋겠습니다. 가까이는 『토지』와 박경리 선생의 말을 공부하는 만큼 그렇게 살아가고, 멀리는 제가 하는 모든 공부로부터 배운 만큼 그만큼 '다르게' 살아가고 싶습니다. 그것은 머릿속 도판을 그리는 공부가 아니라, 땅을 밟는 공부, 머리와 가슴과 발을 잇는 그런 공부여야 가능한 일이겠지요. 그런 공부야말로 가장 실용(實用)적인 것일 겁니다. 실제로 내 삶에 쓰이는 공부이고, 공부한 대로 살아가니까 말입니다.

아마도 '쎈언니' 그녀가 이 글을 읽으면, 이렇게 타박할 듯합니다. "얘, 너는 아직도 그러니. 우물쭈물하지 말고, 생각한 대로 그냥 살어."

예, 쌤. 소박하게 공부하고 공부한 만큼 살아갑시다. 머릿속에 도판을 그리기보다 땅을 먼저 밟고 살아갑시다. 어느 시 한 구절처럼 "푸른 산처럼 든든하게 지구를 디디고 사는 것은 얼마나 기쁜 일"◦인지를 온몸으로 느끼며 그렇게 살아갑시다.

◦ 신석정, 「들길에 서서」, 『슬픈 목가』, 1947.

"일하는 사람은 이름이 없소. 일하다 죽은 사람은 무
덤도 없소!"

12권 105쪽

이름 없이
사는 사람

저는 제 이름을 무척 싫어했습니다. 중학교 때였습니다. 물상 (과학) 선생님은 교실로 들어오면, 으레 몇몇을 지목해서 과학 법칙이나 용어 등등을 질문하며 수업을 시작했습니다. 대체로 지난 수업 내용의 복습·평가였지만, 만약 답을 못하거나 틀리면 기다란 대나무 자로 손바닥을 맞아야 했습니다. 공부를 이유로 체벌이 정당화되던 시절의 희한한 풍경입니다. 그런데 또 희한한 건 그 선생님의 호명 방식이었습니다. 대부분의 선생님은 "오늘이 2월 15일이지? 그럼 5번, 15번, 25번, 35번…" 하는 식으로 날짜와 출석부 번호를 맞춰 부르거나, 무작위로 한 사람을 지목한 뒤 그 옆에 앉은 아이, 뒤에 앉은 아이 등을 일으켜 세웠습니다.

그런데 물상 선생님은 독특하게도 이름의 한 글자만 호명했습니다. "자, 오늘은 숙자매." 선생님이 이렇게 부르면 미숙이, 경숙이, 회숙이, 현숙이, 창숙이, 영숙이, 정숙이, 양숙이… 이름이 '숙'으로 끝나는 학생들이 일어나서 선생님의 질문을 받아야 했습니다. 또 '오늘은 경자매'라고 말하면 미경이, 은경이, 윤경이, 혜경이, 이경이, 현경이, 효경이가, '희자매'를 부르는 날에는 숙희, 진희, 현희, 미희, 윤희, 수희, 순희, 영희가 일어나야 했지요. 아, 이렇게 술술 이름이 나오다니 저 스스로도 놀랍습니다만, 저들 외에도 졸지에 각종 자매로 엮인 친구들 이름은 수두룩합니다. 하여간 선생님의 호명 방식이 이러하니, 흔한 '○숙' 중 하나인 저는 두 주에 한 번쯤은 호명당하는 학생이었고, 또 누군가는 드문 이름 덕분에 안전한(?) 상태에 놓여 있었지요. 가령 박경리 선생이라면, 본명('박금이')으로도 필명으로도 불릴 일이 드문 이름의 행운아인 셈입니다.

○숙. 게다가 김씨라니, 촌스러워서 싫었고 흔해서 싫었고, 그 물상 선생님 같은 분이 있어서 더 싫었습니다. 나중에 커서, 멋진 이름을 새로 만들어 붙이는 공상도 여러 번 했습니다. 그런데 대학생이 되고 나서 소설가 오정희, 시인 김혜순의 책을 읽게 되었습니다. 정희와 혜순이라니요. 시골 친구 중에서도 흔한 이름 아닙니까. 시인 최승자도 있었습니다. 더 놀랐습니다.

'○자'라는 여자 이름은 일본식 작명입니다. 『토지』에서 '조찬하'의 일본인 아내 '노리코(則子)'나 '홍이'의 딸인 '상의'가 다니던 ES여고 일본인 여학생 '미치코(道子)'처럼 말입니다. 일제강점기를 거치며 그런 작명의 습관이 이어졌고, 칠십 대인 제 어머니는 물론 친구 분들의 이름에도 'ㅇ자'는 숱하디숱합니다.

사실 여성이 이름을 갖기 시작한 건 그리 오래지 않습니다. 1923년부터 1934년까지 발행된 잡지 『신여성』을 연구한 이들에 따르면, 그 당시 최첨단을 걸었던 '신여성'들조차 서양식 이름을 빌려 쓰거나 한자로 옮겨 쓰는 정도였습니다. '마리아/미리사(마리아의 한자 표기)'는 여러 명이었고, 박에스더, 김앨리스, 신마실라, 이도리티, 신알벨트 등은 물론 김활란(헬렌), 김애란(엘렌), 하란사(낸시), 신준려(줄리아) 등이 수두룩했습니다. 이 이름들은 대부분 기독교 세례명에서 기인한 것이지만, 원래 이름이 보잘것없어 이런 작명이 생겨나기도 했습니다. 이화대학 총장까지 지냈던 김활란의 본명은 기해년에 태어났다고 해서 '기득(己得)', 지금의 덕성여대 전신인 근화여학교를 설립한 차미리사는 아들이 아니라고 해서 '섭섭이', 최초의 여의사인 박에스더는 '점동이'였습니다.°

개화 문물을 받아들이고, 신식 학교를 다닌 여성들의 이름이 저러했으니, 대부분의 여성에게 이름이 없는 건 당연했습니

° 연구공간 수유+너머 근대매체연구팀, 『신여성 — 매체로 본 근대 여성 풍속사』, 한겨레신문사, 2005, 49~51쪽.

다. 어렸을 때는 대충 '간난이' '이쁜이' 정도로, 결혼 후에는 친정 지역을 따라 '강릉댁' '전주댁' 혹은 '과수원댁' '샘골댁'으로, 나중에는 자식의 이름을 빌려 ○○네 정도로 지칭되는 게 고작이었으니까요. 『토지』에서도 그러했습니다. 최참판댁의 여종 '삼월이'는 아마도 3월에 태어나 그렇게 불렸을 테고, '강청댁' 같은 택호, 자식의 이름을 빌린 '옥이네, 영호네, 임이네, 야무네, 석이네, 판술네' 등등이 대부분입니다. 천민이나 평민이 아닌 양반가에서도 그랬습니다. 최참판댁의 종부도 '윤씨부인', '별당아씨'였고, 그 아랫대에 이르러서야 '최서희'라는 이름이 나타났으니까요. 그처럼 이름 없이 살았던 여성들 이후에 일본식 작명인 '○자'라는 이름이 등장했고 그다음 세대에서 '맑을 숙(淑)', '아름다울 미(美)', '곧을 정(貞)' '착할 선(善)' 등 여성에게 권해지는 가치 덕목의 한자들이 이름에 쓰였던 겁니다.

이름의 이런 변천사는 곧 여성이 인간으로, 주체로서의 삶을 획득해나가는 과정을 보여주고 있습니다. 『신여성』 연구에서 말한 것처럼, 여성에게 이름이 없다는 것 그것은 라캉식의 의미에서 상징계로 진입하지 못했다는 것이며, 주체로서 존재할 수 없었다는 의미입니다. 세례명이나마 여성들이 비로소 '이름'을 가지게 됨으로써, 사회적으로 호명될 수 있는 '주체'임을 드러내 보인 것이지요. 그래서 1909년 민적법에 따라 여성들이 자기 이름을 신고해야 할 때, 주저 않고 세례명을 신고하거나 세례명을 음차한 한자로 신고했다고 합니다.° 이름이 없었던, 아니 자기 이름을, 자기 삶을 가질 수 없었던 사람들의 애절한 내력입니다.

이토록 지난한 여성 이름의 역사를 돌이켜보니, '희, 순, 자' 등 오랜 이름이 더 이상하게 느껴집니다. 오정희, 김혜순, 최승자 등의 여성 작가들 말입니다. 저명한 시인이며 소설가인데, 그들은 왜 '낡고 진부한' 이름을 그대로 둔 걸까요. 심오한 필명, 멋진 이름을 얼마든지 새로 붙일 수 있었을 텐데 말입니다. 더구나 그녀들은 기존의 고착된 습속들을 무너뜨리고, 도발적이고 파격적인 문학세계를 만들어낸 작가였는데 말입니다.

그런가 하면 '괴상한' 이름을 평생 간직했던 사람도 있습니다. 『오리엔탈리즘』으로 널리 알려진 에드워드 사이드. 그는 세계적인 문예비평가이자 사상가입니다. 에드워드 사이드라는 이름은, 당시 영국 왕세자(훗날 에드워드 6세)와 팔레스타인 부족의 이름을 합친 것입니다. 그는 1935년에 예루살렘에서 태어났고, 부유한 사업가였던 아버지는 아랍인이지만 미국 국적을 가진 기독교 신자였습니다. 1948년 팔레스타인 지역에 이스라엘이 건국되자 사이드 가족은 난민 신세가 되어 이집트로 이주했습니다. 그러나 영어식 이름에 미국 여권을 갖고 있으며 기독교를 믿

○ 연구공간 수유+너머 근대매체연구팀, 『신여성-매체로 본 근대 여성 풍속사』, 한겨레신문사, 2005, 50쪽.

는 소년은 따돌림을 자주 당했습니다. 이후 십 대 후반에 정착한 미국에서도 그는 또 다른 이방인일 뿐이었습니다. 근본적 정체성의 혼란과 어디에도 뿌리내릴 수 없는 '낯선 자'로서의 불안정함이 그의 일생 동안 계속되었던 겁니다. 그러나 그는 그 모든 것을 '없애야 할' 혹은 '치유해야 할' 고통으로 여기지 않았습니다. 오히려 '에드워드 사이드'라는 이름을 그대로 짊어진 채 한평생 '경계'를 사유하는 학자로 살아갔습니다. 일례로, 그의 대표 업적인 『오리엔탈리즘』도 동양에 대한 서양의 '특이한' 인식 방식, 타자(他者)를 구별하고 경계 짓는 방식을 비판적으로 성찰한 결과이기도 합니다.

오정희, 김혜순, 최승자…, 에드워드 사이드. 다시 그들의 이름을 불러봅니다. 도대체 저는 무엇이 멋지고 훌륭한 이름이라 생각했던 걸까요. 제 어리석음을, 박경리 선생이 이렇게 깨우쳐 줍니다.

"일하는 사람은 이름이 없소. 일하다 죽은 사람은 무덤도 없소!"

'이름 없이' 일하는 사람은 '아무나'로 태어나서 아무렇게나 사는 아무개가 아니었습니다. 그들은 '반반한 이름 석 자'도 없는 채로 이 땅의 모든 삶을 지키는 사람으로 '이름난' 자였습니다. 또, 흔한 이름으로 특별하게 사는 사람, 기묘한 이름으로 대단하게 사는 사람, 그들도 이름 없이 사는 사람이었던 겁니다.

주어진 이름에 매이지 않고, 주어진 이름을 벗어나 살았던 사람들이었습니다. 이름 없이 사는, 이 모든 이들은 자신의 삶으로 자기 이름을 대신하는 사람들이었던 겁니다.

오늘 하루, 내가 살아가는 이 시간들이 내 이름이 되는 것임을, 수많은 숙자매 중 하나인 제가 이제야 깨닫나 봅니다.

"그 어른은 몸으로 날 가르쳤단 말시. 참말로 잊을 수 없을 것이여. …말씸으로 안 허시고 몸으로 허셨단께로. 마지막꺼지 그 어른은 몸으로 허싰어."

10권 68쪽

가르치는
사람

'그 어른'은 소설 『토지』에 나오는 '강의원'으로, 실제 모델은 독립운동가 강우규(1855~1920) 선생입니다. 평안남도 덕천군의 가난한 농가에서 태어나 한약방을 경영하던 선생은, 한말 함경도 일대에서 민족계몽운동에 앞장섰습니다. 국권이 피탈되고 나서 선생은 북간도로 망명해 독립운동에 투신했습니다. 1919년 9월, 새로 부임하는 사이토 마코토(齋藤實) 총독에게 수류탄을 던지는 거사를 감행, 이 때문에 사형선고를 받고 순국했습니다.

1919년의 3·1운동은 일제의 간담을 서늘하게 만들고, 조선인의 독립의지를 세계로 알린 쾌거였습니다. 그러나 수많은 사람이 잡혀가고 처형되고, 계속되는 탄압으로 당시의 장렬한 기개는 수그러들기 시작했습니다. 바로 이즈음에 강우규 선생의 거사가 일어난 것입니다. 더 대단한 것은 당시 선생이 65세의 독립운동가였다는 사실입니다. 기록에 따르면, 선생은 46세에서 70세까지로 한정한 '대한국민노인동맹단'을 조직해 활동하고 있었습니다.

이에 대해, 후일의 역사가들은 '한말 격동기 조국 상실의 운명을 겪었던 세대의 책임감'을 드러낸 것으로 상찬합니다. 그런데 말입니다. 조선에서 대한제국으로, 그리고 일제 식민지로 강제 점령당하는 과정을 '생생하게' 겪었다면, 책임감의 무게만큼이나 나라가 망했다는 절망감과 비탄의 무게도 만만찮았을 겁니다. 책임감은 고사하고 염세주의나 허무주의에 빠지기도 쉬웠을 듯합니다. 실제 역사도 격변기를 겪은 사람일수록 더 급격히 전향했던 사례를 심심찮게 보여주니까요. 그런데 강우규 선생의 저 활발한 독립운동이라니요. 100세 시대를 운운하는 오늘날에도 46세는 청년이라기보다는 장년층이고, 65세는 각종 경로 우대를 받는 노인이라는데 말입니다. 1920년대 65세 노인의 무장 독립투쟁, 뭐라 형용할 수 없을 만큼 놀라운 일입니다.

이런 선생의 자취가 『토지』에서 또렷하게 나타납니다. 독립운동가로 교육 사업에 애쓰는 한의사 강의원, 그가 치료해준 '주갑'이 선생의 수행(隨行)을 자처하며 따라나선 겁니다. '주갑'은 퉁포슬에서 연추·연해주·해삼위(블라디보스톡)로, 선생의 마지막 날까지 그 옆을 지켰습니다. 그리고 선생께서 순국하신 후 굵은 눈물을 뚝뚝 흘리며 '그 어른'을 그리워했습니다.

"실상은 내가 그 어른을 모셨다기보다는 애를 많이 먹였을 것이여. 그 어른은 몸으로 날 가르쳤단 말시. 참말로 잊을 수 없을 것이여. 젊었을 적에는 기천 원의 거금을 던져서 핵교를 세우고 중년에는 행상도 허시고 한의 노릇도 허심서 핵교 뒷바라지, 말씀으로 안 허시고 몸으로 허셨단께로. 마지막꺼지 그 어른은 몸으로 허싰어." 10권 67~68쪽

말씀으로 하지 않고, 마지막까지 몸으로 가르치셨다는 어른. 그런데 『토지』에 나오는 선생의 모습은 열변을 토하는 애국 투사이기도 합니다. '주갑'의 급체가 가라앉고 나서 몇몇이 둘러앉은 자리였습니다. 선생은 밤새도록 연설하다시피 말을 이어갑니다. 조선의 의병 동태로부터 혁명이 일어난 청국의 사정 등 시국 정세는 물론 나라 없는 백성의 설움을 잊지 말고, 내가 조선 사람인 것을 잊지 말고, 우리가 싸우다 죽으면 우리의 아들딸들이 독립정신을 이어줄 것이니, 우리는 피땀 나게 살아가자… 선생의 웅변이 물 흐르듯 합니다. 장장 네댓 쪽 분량이 넘는 선생의 말은, 날이 희뿌옇게 밝아올 때에야 마무리되었습니다. 한마음 한뜻으로 싸우자며 모두가 의기투합했습니다.

이런 선생을 두고 "말씀으로 안 허시고 몸으로 허셨다"라는 저 말은 참으로 오묘합니다. 글자 그대로 묵언의 가르침을 가리키는 건, 당연히 아닙니다. 그렇다면 무엇을 어떻게 '가르치는 사람'이란 걸까요.

실은 저도 '가르치는 사람'입니다. 그것이 직업이기도 합니다. 제 명함에는 '경희대학교 후마니타스 칼리지 조교수(Assistant Professor)'라 적혀 있습니다. 국어사전에 따르면 '교수'는 '대학에서 학문을 가르치고 연구하는 사람'이랍니다. 학문 연구라니, 얼추 시늉은 합니다만 멋쩍은 말입니다. 그런데 그보다 더 자신 없는 건 '가르치는 사람'이라는 말입니다. 대학의 강의는 대단히 체계적이고 분명합니다. 각기 성취해야 할 바가 명확합니다. 제가 담당하는 필수 교양 강의는 더더욱 '통과'(필수 학점 취득)라는 일차적 목적이 주어져 있습니다. 그러나 바로 그 분명함 때문에 가장 큰 고민이 생겨납니다.

'대학생이라면 꼭 알아야 할'이라는 조건을 전제한 교양 강의, 더구나 그중 제 담당 강의는 인류 문명의 정전, 소위 클래식한 고전을 바탕으로 삶의 의미와 가치를 탐색하는 내용입니다. 처음 강의를 시작했을 때 여러 분야 고전에 대한 지식이 부족해 힘들었습니다. 지금도 힘들긴 하지만, 그래도 조금씩 나아질 수는 있었습니다. 정작 더 큰 문제는 내가 행하는 '가르침'과 내 삶이 다르다는 괴리였습니다. 전공 교과에서는 학문 대상과 연구 주체 사이에 객관적 거리가 있고 그 거리를 탄력적으로 운용하는 것도 가능해 보였습니다. 하지만 교양 교과에서는 일순간에 거리감이 사라지기 일쑤였습니다. 더 나은 세계, 더 나은 인간… 이런 목표 지향이 아무 매개 고리도 없이, 너라면 어떻게 하겠는가, 너에게 중요한 가치는 무엇인가, 너는 왜 그런 판단을 했는가, 지금 너는 어느 곳에 서 있는가, 너는 어떻게 관계 맺고 있는가를 질문하면서 달려드는 것이었습니다. 나는 가르치는 자-교수니까, 나는 괄호 안에 묶어두고, 학생 너희들은 어때? 너희들만 답해봐, 이런 분열을 일으킬 수도 없는 노릇이었습니다.

게다가 제가 '가르치는' 것이 심오한 연구 결과도 아니요, 독창적 논지도 아닙니다. 그런데도 불구하고 종종 학생들은 마치 낯선 외국어라도 듣는 양 열심히 받아 적습니다. 분명 기특하고도 고마운 일입니다. 그러나 한편으로 그것은 절대적 수용에 그쳐버릴, 위험한 태도이기도 합니다. 무슨 말을 해도 다 들어준다는 것은 역으로 무슨 말을 해도 나와는 상관없다는 태도와 별반 다르지 않기 때문이지요. 더 가혹하게 말하자면, 그건 그저 시험에 나올 내용, 학점에 필요한 정보를 수집하는 작업일 뿐입니다. 물론 이런 태도를 학생들 스스로가 만든 것은 아닙니다. 마사 누스바움이 『학교는 시장이 아니다(Not for Profit)』에서 "국가 이익에 기갈 든" 나머지 "이익 창출에 적합한 교육"만을 중시하는 현대사회를 신랄하게 비판했던 것처럼 우리 사회를, 우리 교육을 이렇게 만든 것은 저를 비롯한 기성세대의 책임이기 때문입니다. 겹겹이 쌓인 이 문제들 속에서 제 '가르침'은 도대체 무엇이란 말입니까.

가르치는 사람, 교수를 가리키는 말 'Professor'의 어원은 무언가를 '말하다/선언하다/고백하다'라 합니다. 여기에 착안하여 자크 데리다는, 'professeur'란 앎과 진리를 공언하는 행위이자 고백하는 행위이며, 그래서 그것은 실천의 한 형태라고 주장합니다.° '교수한다/가르친다'라는 것이 행동을 촉발하고 이끄는 말하기, 즉 수행적인 말을 하는 '실천'이라는 겁니다. 그렇다면 가르치는 사람, 배움의 장에서 말하는 자는 앎과 진리에 대해 '공적으로 고백하는 사람', 자신이 말한 대로 살겠다고 선언하고 다짐하고 실천하는 사람입니다. 데리다에 따르면, 그 '실천'은 심지어 참여와 책임을 전제로 자신의 모든 것을 걸고 임했던 '신앙고백'이나 마찬가지라고 합니다. 곰곰 생각해보니 동양에서도 '선생(先生)'의 뜻이 그러했습니다. '先生'이란 '본래 일찍부터 도를 깨달은 자'로서 먼저 그렇게 살아온 자이며, '學生'은 그를 배우고 흉내 내는/모방하는 자이니까 말입니다. 'professor'와 '先生'이 공히 가리키는 가르침. 그것은 "말씀으로 안 허시고 몸으로 허셨다"라는 강의원의 '가르침'이었습니다. 밤새 이어졌던 선생의 열변은, 그럴싸한 말·좋은 말·훌륭한 말을 들려주는 게 아니라, 스스로 그렇게 살아가는 선생의 삶을 보여주는 것이었습니다. 나라를 사랑하고 민족을 사랑하는 일. 선생은 그 말

○ 자크 데리다, 『조건 없는 대학(Université sans condition)』 / 조재룡, 「'인문학'이라는 '사건', '불가능성'의 '탈구축'에 바쳐진 '신앙고백'」, 『후마니타스 포럼』, 제2권 1호, 2016년 봄, 129~156쪽에서 재인용.

을 힘주어 가르치고 그 가르침대로 살아갔습니다. 나이가 많으니, 상황이 이러하니 등등의 이유는 선생의 말과 삶 앞에서 아무 의미가 없었습니다. 말한 대로 살아야 하고, 살아온 대로 말하는 것. 그러한 사람이 바로 '말이 아닌 몸으로 가르치는 사람'이었습니다.

무엇을 어떻게 가르치는 사람일 것인가. 아주 오래된 고민이자 제가 잊지 않아야 할, 제 삶의 질문 앞에서 『토지』가 답해줍니다. 말씀으로 안 하시고 몸으로 하신 '그 어른'의 가르침으로 말입니다.

나오는 말

"쓰는 행위 이상의 절실한 무엇과의 대결 상태, 문학
은 하나의 방패였었는지 모른다. 싸움의 방편이었는지
도 모른다. 이래도 좋은가, 이래도 좋은가, 수없이 자기
자신에게 의문을 던지면서 낫질도 도끼질도 할 수 없
는 자신의 내부, 자신을 둘러싼 외부와의 대결은, 그러
나 언제 끝날지, 과연 끝날 수 있을 것인지 알 수 없는
일이다."

10권 55쪽

글 쓰는
나

나는 왜 쓰는가.

글쓰기 앞에서 누구든 부딪쳤을 질문입니다. 조지 오웰의 「나는 왜 쓰는가(Why I Write, 1946)」를 비롯해 「쓴다는 것이 죄악 같다」(나도향), 「문학을 나처럼 해서는 안 된다」(채만식), 「쓸 때의 유쾌함과 낳을 때의 고통」(현진건), 「작가의 생활」(김남천) 등 동서양 가릴 것 없이 작가들은 그 앞에서 괴로워했습니다. 아예 "작가란 무엇인가" "작가는 왜 쓰는가" 등을 표제로 내세운 단행본만 해도 여럿입니다.

박경리 선생은 이러했습니다. 문학은 선생에게 무엇입니까, 왜 작가가 되었습니까, 라는 질문 앞에서 "인생 자체가 문학이에요. 문학을 내 인생과 갈라놓지 않아요. 문학이 제 인생이고 제 인생이 문학이고…"라 합니다. 『토지』 서문에서는 "나는 표면상으로 소설을 썼다"라고까지 덤덤히 말합니다. 그리하여 "어쩌다가 글 쓰는 세계로 들어가게 되었고 / 고도와도 같고 암실과도 같은 공간 / 그곳이 길이 되어주었고 / 스승이 되어주었고 / 친구가 되어 나를 지켜주었다"라고 한평생을 회고하기도 합니다.°

박경리 선생에게 문학과 인생이 온전한 하나였다면, 문학으로 특별한 지향점을 좇아간 작가도 있습니다. 조지 오웰은 「나는 왜 쓰는가」에서, 똑똑해 보이고 싶고 사람들의 이야깃거리가 되고 싶고 그리하여 사후(死後)에 기억되고 싶은 "순전한 이기심"으로, 외부 세계의 아름다움에 대한 "미학적 열정"으로, 후세를 위해 사실과 진실을 보존해두려는 "역사적 충동"으로, 세상을 특정 방향으로 밀고 가려는, 어떤 사회를 지향하며 분투해야 하는지에 대해 남들의 생각을 바꾸고 싶다는 "정치적 목적"으로 글을 쓴다고 말합니다. 그중 네 번째 이유, 즉 "정치적 글쓰기를 예술로 만드는 일"이 자신에게는 가장 중요하다고 힘주어 말합니다.°°

황현산 선생의 대답도 비슷해서, 글쓰기로 더 나은 세상을 꿈꾼다 합니다. "나는 내가 품고 있던 때로는 막연하고 때로는 구체적인 생각들을 더듬어내어, 합당한 언어와 정직한 수사법으로 그것을 가능하다면 아름답게 표현하고 싶었다. 그 생각들이

○ 박경리, 「천성」, 『버리고 갈 것만 남아서 참 홀가분하다』, 마로니에북스, 2015, 33~34쪽.
○○ 조지 오웰, 『나는 왜 쓰는가』, 한겨레출판, 2010, 293~300쪽.

특별한 것은 아니다. 존경받고 사랑받아야 할 내 친구들과 마찬가지로 나도 사람들이 자유롭고 평등하게 사는 세상을 그리워했다. 이 그리움 속에서 나는 나를 길러준 이 강산을 사랑하였다. 도시와 마을을 사랑하였고 밤하늘과 골목길을 사랑하였으며, 모든 생명이 어우러져 건강하고 행복하게 사는 꿈을 꾸었다. 천 년 전에도, 수수만년 전에도, 사람들이 어두운 밤마다 꾸고 있었을 이 꿈을 아직도 우리가 안타깝게 꾸고 있다. 나는 내 글에 탁월한 경륜이나 심오한 철학을 담을 형편이 아니었지만, 오직 저 꿈이 잊히거나 군소리로 들리지 않기를 바라며 작은 재주를 바쳤다고는 말할 수 있겠다."°°°

나는 뭔가 싶었습니다. 문학이 인생이고 인생이 문학이라는 저 도저한 경지는 가늠조차 안 되고, 세상을 바꾸는 글쓰기, 사람들의 꿈을 지키는 글쓰기를 떠올리자니 그 언저리에도 미치지 못하는 것 같습니다. 그러하니 저는 선생들의 글을 읽으며 희망과 절망을 동시에 맛봅니다. 선생들의 명징한 생각 조각에 삶과 세상을 밝힐 희망을 보고, 그러나 그와 같은 글쓰기가 내게는 있을 수 없으리라는 절망을 느낍니다. 소설가인 제 은사님도 다른 듯 또 비슷한 이야기를 해준 적이 있습니다. 청년 시절, 동년배 친구였던 김승옥의 소설을 읽고 심각한 질투심에 사로잡혔

°°° 황현산, 『밤이 선생이다』, 문학동네, 2014, 4~5쪽.

었다고 말입니다. 당시 김승옥의 소설을 읽고 나서, 글쓰기를 포기해버린 사람들도 더러 있었다고까지 합니다.

글쓰기만 어디 그러할까요. 세상에는 우리가 가야 할 길을 앞서 밝혀주는, 명석한 머리와 같은 사람들이 있습니다. 또 열정어린 박동으로 삶을 고무하는 심장 같은 이들도 있습니다. 단호한 행동과 지치지 않는 끈기로 손과 발 노릇을 하는 이도 있습니다. 어디서나 걸출한 소위 '천재'들도 있습니다. 얼음판 위에서 휘리릭 도니 '트리플 악셀' 점프가 되고, 땅 위에서 성큼성큼 내달리니 금세 100미터 결승점이라 하는, 그런 사람들 말입니다. 물론 그들이 식은 죽 먹기처럼 그 대단한 성과를 획득하지 않았음을 누구나 압니다. 또 그러나 어릴 때부터 열심히, 더 열심히 노력한다고 해서 그들처럼 될 수 있는 건 아니라는 사실도 누구나 다 압니다.

저는 그랬습니다. 참 어정쩡했습니다. 공부를 괜찮게 하긴 했지만, 뛰어나게 잘하지는 못했습니다. 그럭저럭 글을 쓰긴 했지만, 제게는 웅숭깊은 사유도 탁월한 문장도 수려한 표현도 없습니다. 이런 제가, 선생 노릇도 오랫동안 해오고 글쓰기도 오랫동안 해왔습니다.

변명처럼 제 스스로에게 위로가 되는 건 있습니다. 특별하지 않으니, 공부하는 게 얼마나 어려운가를 잘 압니다. 책을 읽으며 느끼는 어려움이 무엇인지 압니다. 종이 위의 글자가 내 머릿속으로 가슴속으로 들어오는 대신, 외계인의 신호처럼 의미 없이, 얼마나 이상하게 읽히는지, 그래서 책 읽기가 얼마나 곤혹스러운 일인지를 압니다. 또 글쓰기가 얼마나 힘든 것인지도 압니다. 머리에 맴도는 생각이 손끝으로 흘러나오지 않고, 아니 어떤 생각조차 나지 않은 채로 머릿속이 온통 악머구리 끓듯 하고, 가슴 아래가 꽉 막힌 체기에 괴로워하는 그런 고통을 너무 잘 알고, 시시때때로 겪습니다. 제가 이러하니, 최소한 위압적인 선생, 교만한 글쓰기는 멀리할 수 있으리라는 게 제 변명이자 위안거리입니다.

다시, 오래된 그 질문 앞에 서봅니다. 나는 왜 쓰는가. 박경리 선생도, 황현산 선생도, 조지 오웰도 그리고 글 쓰는 이라면 누구든 온 마음을 가다듬고 진중한 답을 구하려 하는, 그런 질문입니다. 때로는 답안보다 그 답을 내놓는 과정이 중요한 그런 문제도 있다지만, "왜 쓰는가"라는 질문은 그 질문도, 답도, 질문—답하는 사람의 마음도, 질문—답하는 과정도 어느 하나 중요하지 않은 것이 없는, 그야말로 태산 같은 질문입니다. 그런데 저는 이 태산 같은 질문 앞에서 스스로 답을 구하려 하지 않고, 어쩌자고 『토지』 속 저 말에 끌려 들어간 걸까요.

"새벽 두 시부터 일어나서 일본 말로 된 외국 소설의 번역을 좀 해놓고 먹이를 노리는 매같이 책상 앞에 도사리며, 그리고 날이 밝은 것이다. 간도의 생활 체험을 소재로 하여 쓰려는 소설이

단 한 줄도 나가지 못한 채 한 달 가까이 상현은 그런 새벽을 되풀이해왔다. 술을 끊었고 기화한테 가지도 않았다. 그러나 소설을 쓴다는 것, 지금의 상현에게는 소설을 쓴다는 것, 쓰는 행위 이상의 절실한 무엇과의 대결 상태, 문학은 하나의 방패였었는지 모른다. 싸움의 방편이었는지도 모른다. 이래도 좋은가, 이래도 좋은가, 수없이 자기 자신에게 의문을 던지면서 낫질도 도끼질도 할 수 없는 자신의 내부, 자신을 둘러싼 외부와의 대결은, 그러나 언제 끝날지, 과연 끝날 수 있을 것인지 알 수 없는 일이다. 욕망과 갈등과 자포자기, 제약과 여건과 의무, 그 모든 것은 첩첩이 쌓인 가시덤불, 이동진의 아들이 일제하에서 어떻게 발붙일 것인가. 발붙일 곳도 없거니와 발을 붙여도 아니 된다." 10권

55~56쪽

예, 청백리 이부사댁의 후손이요, 독립투사 '이동진' 어른의 아들인 '이상현'의 글 쓰는 마음입니다. 『토지인물사전』에 따르면, 그는 사랑의 갈등〔서희/본처 박씨/기화(봉순)〕뿐 아니라, "덕망 있는 혁명가인 아버지 이동진에 대한 열등감"으로 괴로워하며, "주권 잃은 나라의 젊은 지식인으로서 정체성을 상실"하고 "허무와 방탕과 비도덕과 책임 회피 속에서 평생을 방황하는 불행한 지식인"으로 요약되어 있습니다. 유년시절부터 삶을 끝낼 때까지 그의 전 생애가 『토지』에 나오지만, 『토지인물사전』의 소개대로 "평생을 방황하는 불행한 사람"의 모습을 크게 벗어난

적이 없습니다. 한때 운동 조직의 간행물이나 지하신문 제작에도 참여하고, 소설 창작물도 내놓았지만 별반 달라지지 않았습니다. 끝끝내 삶의 낙오자라는 자학을 씹어가며 하루 종일 술 마시고 넋두리하는 모습이 말년의 풍경이었습니다. 그런 '상현'을 두고, "인생이 시궁창"이라고 힐난하는 사람도 있었습니다. 중국 군사학교를 졸업한 군관으로 조선 민족과 조선 독립을 위해 삶의 모든 것을 바치는, 정열적인 사내 '강두매'가 그랬습니다. 그의 눈에 비친, 늙은 '이상현'은 인생이 시궁창인 채로 '하는 일 없이 땀 흘려 만들어낸 곡식이나 축내는 자'일 뿐입니다. 그저 알량한 지식으로 '삼류 연애소설, 그 선에서 시시하게 노는 족속'일 뿐입니다.

과연 그렇다 할 만합니다. 나라 잃은 젊은이라 하나, 명문가의 후손이자 '사회지도층'입니다. 하루 끼니도 챙기지 못하고, 의지가지없이 떠도는 식민지 조선인들이 허다한 터에 자의식이라니요, 열등감이라니요. 배부른 부잣집 도련님의 하품처럼 여겨질 소리입니다. 그런데 그렇게 곡식이나 축내는 자, 시궁창에 처박힌 그자가 왜 글을 쓰고 있는 걸까요. 더구나 그걸 왜 계속하고 있는 걸까요.

제대로 된 글을 쓰지도 못하고, 제대로 살아가지도 못하고, 이리저리 비틀거리며, 온갖 이유를 끌어다가 자신을 가리고 사는 나약한 지식인. 그런 그가 끝끝내 부여잡고 있는 글쓰기. 박경리 선생은 그렇게 글쓰기를 부여잡고 있는 '이상현'의 마음을 보여주었습니다. 그것은 자신과 세계의 끈을 놓아버릴 수 없는, 아니 놓아버리지 않는 마음이었습니다. 그것은 자신과의 '대결'이자, 자신을 둘러싼 세계와 '대결'하는 마음이었습니다. 비록 인생이 시궁창일망정 그곳을 순순히 받아들이지는 않았습니다. "발붙일 곳도 없거니와 발을 붙여도 아니 된다"라며, 매일 새벽 일어나 펜을 잡았습니다.

제가 끌려 들어간 곳이 그런 마음이었습니다. 딱히 뛰어난 것도 없다며, 스스로 어정쩡하다 여겨왔던 제 자신이었습니다. 그런 사람이 글을 쓰고 있습니다. 왜 쓰냐고 스스로에게 묻습니다. 왜 사냐고 스스로에게 묻습니다. 그 질문을 계속하는 것, 그것이 바로 제 글쓰기였습니다. 그로 인해 나 자신과 이웃을, 나를 둘러싼 세계를 조금이나마 더듬어볼 수 있었습니다. '이상현' 아니, 박경리 선생의 말을 빌리자면 "자신의 내부, 자신을 둘러싼 외부와의 대결"을 멈추지 않는 것이 '글 쓰는 나'였던 겁니다.

글 쓰는 나, 멈춰 서 있지 않기 위해서 계속 살아가기 위해서, 그래서 나는 글을 씁니다. 나와 세계의 끈을 놓아버리지 않기 위해서 글을 씁니다. 재일조선인 2세 서경식 선생이 청소년 시절 마음에 품었다는 시구(詩句) "이것이 나의 투쟁이다. / 천만 줄기 뿌리를 뻗어, 저 멀리 인생 밖으로 성장해가는 것이. / 저 멀리, 세상 밖으로"처럼 말입니다.°

'왜 쓰는가'를 질문하고, 그로부터 '나의 투쟁'을 이어가는 것.

'글 쓰는 나'는 계속 그렇게 살아가고, 계속 뻗어나가고 싶습
니다.

○ 라이너 마리아 릴케, 「나의 투쟁은」(서경식, 『시의 힘』, 현암사, 2016, 26쪽).

박경리의 말

지은이   김연숙

2020년 6월 25일 초판 1쇄 발행
2020년 8월 24일 초판 2쇄 발행

책임편집   남미은
기획·편집   선완규 안혜련 홍보람
디자인   형태와내용사이

펴낸곳   천년의상상
등록   2012년 2월 14일 제2012-000291호
주소   (03983) 서울시 마포구 동교로45길 26 101호
전화   (02) 739-9377
팩스   (02) 739-9379
이메일   imagine1000@naver.com
블로그   blog.naver.com/imagine1000

ⓒ 김연숙, 2020

ISBN 979-11-90413-12-1 03810